배신 기사의 유쾌한 신의 11

초판 1쇄 발행 2024년 3월 13일

지은이 ǀ 가언
발행인 ǀ 최원영
편집장 ǀ 이호준
편집디자인 ǀ 한방울
영업 ǀ 김민원 조은걸

펴낸곳 ǀ ㈜ 디앤씨미디어
등록 ǀ 2002년 4월 25일 제20-260호
주소 ǀ 서울시 구로구 디지털로 26길 111 JnK디지털타워 503호
전화 ǀ 02-333-2513(대표)
팩시밀리 ǀ 02-333-2514
E-mail ǀ seed_dnc@dncmedia.co.kr
블로그 ǀ blog.naver.com/gnpdl7

ISBN 979-11-6145-610-2 04810
ISBN 979-11-6145-506-8 (SET)

※ 저자와 협의하여 인지는 붙이지 않습니다.
※ 이 책은 ㈜ 디앤씨미디어(시드북스)가 저작권자와의 계약에 따라 발행한 것으로 본사와 저자의 허락 없이는 어떠한 형태나 수단으로도 내용을 이용할 수 없습니다.

배신기사의 유쾌한 식의

가언 판타지 장편소설

SEEDBOOKS FANTASY NOVEL

1장. 그쪽에는 이런 거 있나? · 7

2장. 영광스러운 삶 · 57

3장. 때로는 단순무식한 게 최고 · 107

4장. 후회할 때는 이미 늦었다 · 159

5장. 도화선에 불을 붙여라 · 207

6장. 첫인사치고는 거창한데 · 265

1장. 그쪽에는 이런 거 있나?

그쪽에는 이런 거 있나?

"……."

연합 내부에 지옥 같은 정적이 흘렀다.

아렌트는 다리를 꼬고 앉아 테이블에 반쯤 상체를 기댄 방만한 자세로 드레이튼을 물끄러미 보았고, 드레이튼은 경련이 일어나려는 얼굴 근육을 수습하려 애쓰고 있었다.

어떻게든 체면을 차리려 했던 드레이튼의 노력은 결과가 썩 좋지 않았다.

참혹히 일그러지기 시작한 표정을 결국 수습하지 못한 것이다.

한참 만에 그가 간신히 입을 열었다.

"……여전하시군요, 아렌트 경. 장성하셨다는 말은 취소하겠습니다. 유년 시절과 그리 달라지지 않으셨군요."

고작 그 한마디로 속이 박박 긁힌 듯한 것이, 아렌트의 입장에서는 꽤 마음에 드는 반응이었다.

 그럼, 여전해야지. 누가 연기하는데.

 속으로 피식 웃음을 터뜨린 아렌트는 턱까지 괴며 삐딱하게 대꾸했다.

 "사람이라는 게 그리 쉽게 바뀌는 게 아니지. 그나저나 진짜 누군데 친한 척이야? 형님, 아는 분입니까?"

 "……."

 아르크스는 직감했다.

 분명 알면서 일부러 모르는 척하는 거라고.

 뻐근해지려는 뒷목을 주무르며 아르크스가 입을 열었다.

 "아버지의 상단 중 하나를 담당하시는 분이다."

 "아버지? 전 아버지 없는데요."

 "……에크하르트 백작가님이 소유한 상단 중, 가장 번창한 곳의 상단주시지. 어릴 때 종종 얼굴을 마주한 적 있다. 너는 손님이 찾아오는 것을 썩 좋아하지 않았으니 기억나지 않을 만도 해."

 아버지에서 백작님으로 바뀐 호칭에 아렌트가 그제야 고개를 끄덕였다.

 "알 것 같기도 하고, 모를 것 같기도 하고. 딱히 중요한 사실은 아닌 것 같네요."

 "능청은……."

듣고 있던 헨리가 저도 모르게 입술을 달싹였다가 아렌트의 사나운 눈총을 받고 입을 꾹 다물었다.

하지만 속으로 구시렁대는 것까지 멈출 수는 없었다.

'일부러 카린까지 보낸 주제에.'

지금껏 이스트 상단의 상점에는 큰 관심을 보이지 않던 아렌트였다.

하지만 하필 오늘 직원을 그쪽으로 보내라며 지시한 것이다.

그리고 카린은 드레이튼과 함께 돌아왔다.

헨리와 아르크스는 이것을 단순히 우연으로 치부할 수 없었다.

연합장과 부연합장의 속을 알 리 없는 드레이튼이 새파란 분노를 담아 아렌트를 쏘아보았다.

"그렇지요. 말씀하신 대로 썩 중요한 일은 아닙니다. 저는 그저 농담만 주고받으려고 온 것이 아니니까요."

제법 살벌한 어조가 흘러나왔지만 그런다고 해서 눈 하나 깜빡할 아렌트가 아니었다.

"그럼 왜 왔는데요? 오자마자 반갑니 어쩌니 하는 말이나 주워섬긴 주제에. 백작님이 형님이라도 설득해 보라고 시켰어요? 아니면, 뭐."

심드렁하게 말하던 아렌트가 슬쩍 입꼬리를 휘었다.

"자랑이라도 하러 오셨나? 이스트 상단에서 상점을 인수하기로 했다고."

"······!"

순간 드레이튼의 눈이 휘둥그레졌다.

헨리와 아르크스 역시 설마 그런 말이 나올 줄은 몰랐는지 짧게 숨을 들이켰다.

아렌트가 드레이튼을 향해 한심하다는 눈길을 보냈다.

"그걸 어떻게 알았냐고 묻고 싶은 얼굴인데, 내가 바본 줄 알아요? 이쪽 직원들 얼굴쯤이야 전부 파악하고 있다고 뻐기기라도 하고 싶었던 모양인데."

황금색 눈동자가 뻣뻣하게 서 있는 카린에게 닿았다가 떨어졌다.

멍하니 있던 그녀가 망연히 중얼거렸다.

"그러고 보니 어떻게······."

"뻔한 거지. 몇 번이나 연합에 사람을 보냈잖아. 그동안 얼굴을 익혀 둔 것 아니겠어? 어쨌든, 이것저것 알고 있는 사람은 그쪽만이 아닙니다."

아렌트가 말을 끝내기가 무섭게 아르크스가 한 걸음 앞으로 성큼 나섰다.

"드레이튼 씨, 당신이 상점을 인수한다는 게 무슨 말입니까?"

"지금 후회하셔도 소용없습니다. 그러게 진즉 백작님께 순종하셨더라면 이런 일은 벌어지지 않았을 것 아닙니까!"

얼굴이 시뻘겋게 달아오른 드레이튼이 버럭 쏘아붙였다.

"말씀대로 이스트 상단의 차 상점은 제가 인수합니다. 그렇게 된다면 더 이상 칸 연합도 명맥을 유지할 수 없게 될 겁니다."

 상점이 에크하르트 백작의 손에 넘어가는 순간, 이스트 상단주가 만든 큰 그림이 완성되는 것이다.

 이스트 상단주로서는 잠깐의 필요에 의해 만든 상점을 굳이 오래 가지고 있을 이유가 없다.

 하지만 그 상점을 백작에게 넘긴다면 제법 큰 이윤을 취할 수 있었다.

 백작에게도 나쁜 이야기는 아니었다.

 아직 황궁 근처에는 기반을 잡지 못하던 차였는데, 새로 인수한 상점을 바탕 삼아 사업 영역을 확장할 수 있게 될 테니까.

 동시에 칸 연합의 숨통을 완전히 끊을 한 수이기도 했다.

 에크하르트 백작의 사업체가 이 주변에 완전히 터를 잡아 버린다면, 이스트 상단이 나서지 않더라도 칸 연합은 결코 회생할 수 없게 될 터였다.

 아니, 칸 연합만이 아니라 그 어떤 사업을 새로 시작하든 마찬가지였다.

 이곳에 감시탑을 얻은 에크하르트 백작은 앞으로도 헨리와 아르크스가 결코 자리를 잡을 수 없도록 끝까지 따라붙을 게 분명했다.

아르크스는 저도 모르게 주먹을 꽉 말아 쥐었다.
"……비열한 짓이라는 건 알고 계십니까?"
"비열하다니요. 엄연한 훈육입니다."
드레이튼은 한결 가라앉은 눈으로 아르크스를 매섭게 쏘아보았다.
"하지만 저는 마지막 기회를 드리기 위해 찾아왔습니다. 헨리 공자님께도 민폐를 끼치는 건 도련님도 바라지 않으실 듯해서요."
"……."
"백작가로 돌아오시지요. 그렇게만 하신다면 그토록 애지중지하시는 칸 연합도 명맥을 이을 수 있습니다."
말은 기회라고 하지만 내용은 명백한 협박이었다.
아르크스가 당장 대답하지 않자, 그 침묵을 뭐라고 이해한 건지 드레이튼이 조금 누그러진 목소리로 말을 이었다.
"어차피 제가 상점을 인수하는 것은 변하지 않습니다. 이미 서명까지 마치고 왔으니까요. 하지만 칸 연합과 연계해서 사업을 운영하는 것도 충분히 가능한 일입니다."
"……."
"도련님이 부연합장으로 머무시는 것 역시 허락하실 겁니다. 백작가로 돌아가기만 하신다면요. 밖에서 따로 사업체를 꾸리는 것도 백작가의 후계자로서 좋은 경험이 될 테니까요."

마치 어린아이를 어르는 것 같은 어조였다.
드레이튼이 말을 마쳤음에도 아르크스는 한동안 침묵을 지켰다.
헨리는 숨조차 크게 쉬지 못하고 제 친구와 방문객을 번갈아 보기만 했다.
아렌트 역시 차를 홀짝이며 아르크스를 물끄러미 보았다.
자신에게 모여든 시선을 고스란히 받아들이며, 드디어 아르크스가 입을 열었다.
"그렇다면 저도 조건이 있습니다."
"말씀하시지요."
드레이튼이 인자하게 고개를 끄덕이자, 아르크스가 무표정한 얼굴로 툭 내뱉었다.
"아버지께서 저와 함께 아렌트 앞에서 무릎을 꿇고 사죄하는 겁니다."
"……."
북풍한설 같은 냉기가 느껴지는 한마디였다.
설핏 풀어졌던 드레이튼의 얼굴이 다시 딱딱하게 굳었다.
아르크스는 그를 똑바로 바라보며 덧붙였다.
"그렇게 하신다면 고려 정도는 해 보겠습니다. 물론 생각만 해 본다는 거지, 확답은 드릴 수 없습니다."
올곧은 눈동자는 한 치의 흔들림도 없었다.

한참을 얼어붙어 있던 드레이튼이 제 귀를 의심하며 더듬더듬 되물었다.

"……진심이십니까?"

"진심입니다. 이 상태로 백작가의 이름을 물려받아 봤자 의미 없을 테니까요."

"왜 그렇게까지 하시는 겁니까?"

드레이튼의 언성이 다시 높아졌다.

"아렌트 경이야 모르겠지만, 도련님께서 이러시면 안 되는 거잖습니까. 그간 백작님과 함께 일궈 온 것이 있는데! 백작님이 도련님을 얼마나 신뢰하셨는지 아시잖습니까!"

"드레이튼 씨가 모르겠다고 말씀하시는 것부터 문제입니다! 아버지의 방식은 틀렸습니다."

하지만 다음 순간, 아르크스가 버럭 고함치자 그는 움찔하고 입을 다물었다.

평정심을 잃어버린 아르크스는 답지 않게도 사납게 말을 쏟아 내기 시작했다.

"지금 이게 옳다고 생각하십니까? 당신께서 잘못했다는 것을 인정하지 못해 이스트 상단까지 동원하는 게, 아버지라는 사람이 할 수 있는 행동입니까?"

아르크스는 드레이튼 쪽으로 성큼 다가서며 날카롭게 몰아붙였다.

"말 안 듣는 아렌트는 최소한의 보호도 없이 내치셨고,

평생 고분고분 살던 저는 앞으로도 영원히 아버지의 꼭 두각시로 살란 말입니까? 어머니가 보셨다면 피눈물을 흘리셨을 겁니다!"

"아르크스……."

헨리의 입에서 신음이 흘러나왔다.

특유의 무덤덤한 성격 탓에 티를 내지는 않았지만, 일련의 사태로 아르크스 역시 상당히 백작에게 크게 실망했다는 사실을 뒤늦게 깨달은 것이다.

설마 이런 반응이 돌아올 줄은 예상치 못한 드레이튼은 놀란 토끼처럼 멍청히 눈만 끔뻑이고 서 있었다.

감정을 갈무리하지 못한 아르크스는 입술을 꾹 깨물었다가, 다시 분노를 토해 내려 숨을 들이켰다.

그때, 상황과 전혀 어울리지 않는 느긋한 음성이 칼날처럼 그의 뇌리를 후벼 팠다.

"대단한 형님 나셨네. 의사 표명은 그쯤 하면 됐으니 정신 챙겨요."

아렌트였다.

아르크스는 저도 모르게 뒤를 홱 돌아보았다.

하나뿐인 동생은 평소와 별반 다를 바 없이 시큰둥한 낯으로 그를 바라보고 있었다.

"……."

"참고로 말하자면 부연합장님, 당신도 별로 잘한 거 없어요. 누가 보면 형제애가 아주 지극한 줄 알겠어."

차가운 금안과 눈이 마주치자 열기로 가득 찼던 머릿속에 갑자기 얼음물이 쏟아진 것 같았다.

아르크스는 천천히 몸에서 힘을 뺐다.

꽉 쥐었던 주먹도 자연스레 풀어졌다.

"……미안하다."

아르크스가 어깨를 늘어뜨리며 물러서자 자연스레 아렌트가 화제를 이어받았다.

"그렇게 됐으니, 드레이튼 씨. 구구절절 재미없는 가족사 이야기는 그만두고 본론으로나 들어가 보죠."

"예?"

"당신은 장사꾼이잖아요. 난, 뭐…… 일단은 견습 기사지만. 노이만 상단주님이 저한테 장사치 기질이 다분하다고 인정해 주셨으니, 지금만큼은 상인이라는 마음가짐으로 응대해 드리죠."

잠깐 넋을 놓았던 드레이튼은 아렌트가 태연히 주절대는 말에 차차 정신을 차리기 시작했다.

"그게…… 무슨 말씀이십니까?"

"상인 대 상인으로서 대담 한번 해 보자고요. 여기까지 왔는데 말다툼만 하고 돌아가면 아쉬울 테니까."

피식 입꼬리를 올린 아렌트가 의자 위에서 자세를 고쳐 드레이튼을 똑바로 올려다보았다.

상대방을 노골적으로 얕잡아 보는 조소 어린 눈길에 드레이튼은 배알이 뒤틀리고 말았다.

"하! 상인이요? 제대로 된 사회 경험도 제대로 쌓지 못한 어린애인 아렌트 경께서 상인을 자처하신단 말입니까?"

"평생 남 뒤만 닦아 주다 늙어서 머리가 굳어 버리게 생긴 당신도 상인이라는데, 내가 못 할 건 뭐 있나?"

노골적인 빈정거림을 아렌트가 여유롭게 맞받아쳤다.

"여하튼, 백작님과 이스트 상단주님의 마지막 패는 당신이란 거죠? 그리고 당신은 이미 상점을 인수하기로 계약을 마친 상태고."

"……그렇습니다."

시뻘겋게 달아오른 얼굴로 드레이튼이 딱딱하게 대답했다.

그와 반대로 아렌트는 흥얼거리듯 말을 이어 갔다.

"상점을 인수해서 계속 저 두 사람의 꽁무니를 따라다니며 괴롭힌다는 것도 썩 나쁜 발상은 아닙니다만……."

아렌트는 천천히 연합 내부를 훑어보았다.

그를 잡아먹을 듯 쏘아보는 드레이튼과 화를 쏟아 내다 의기소침해진 아르크스, 미처 끼어들 타이밍을 재지 못해 엉거주춤하게 상황만 살피는 헨리.

그리고 난데없이 눈앞에 펼쳐진 막장 가정사에 새하얗게 질린 올리버까지.

이 정도면 제법 마음에 드는 캐스팅이었다.

아렌트가 가볍게 덧붙였다.

"이쪽도 나름대로 준비한 게 있어서요. 슬슬 입질이 올 때가 됐는데."

그의 말이 끝나기가 무섭게, 드레이튼 뒤에서 대기하던 수행원이 움찔했다.

그 움직임에 한껏 예민해진 드레이튼이 호통쳤다.

"뭐야!"

"상, 상단주님. 그게……."

허둥지둥 움직인 수행원이 품을 뒤져 은은한 빛을 품은 통신구를 꺼냈다.

"통, 통신입니다."

수하의 손 위에서 반짝이는 통신구를 얼떨떨하게 보던 드레이튼이 뭔가를 깨닫고는 휙 고개를 돌려 아렌트를 보았다.

그와 눈을 마주친 아렌트가 빙그레 미소 지었다.

"급한 연락인 듯한데, 받아 보는 게 어때요?"

"……."

드레이튼은 자신의 직감을 상당히 신뢰하는 편이었다.

에크하르트 백작 아래에서 평생을 일하며 상인으로서 이만큼 성장할 수 있었던 것은 타고난 감이 있기에 가능했다고, 그는 믿어 의심치 않았다.

지금껏 그를 이끌어 준 남다른 육감이 말하고 있었다.

뭔가 심상찮은 일이 벌어지고 있다고.

"받지 그래요?"

아렌트가 한 번 더 부드럽게 그를 재촉했다.

저도 모르게 꾹 주먹을 쥔 드레이튼은 그를 쏘아보고는 통신구를 넘겨받았다.

통신을 연결하자마자 비서의 다급한 목소리가 들려왔다.

- 상단주님! 지금 잠깐 괜찮으십니까?

"……무슨 일이냐?"

- 인수하실 상점 때문입니다만, 갑자기 몇몇 상단이 투자와 납품 철회 의사를 밝혀 왔습니다.

꿈틀. 드레이튼의 눈썹이 일그러졌다.

"갑자기 왜?"

- 그게, 잘 모르겠습니다. 사유는 제대로 밝히지 않고 상단의 내부 사정이라고만…….

통신구를 쥔 손이 꽉 힘이 들어가다 못해 부들부들 떨리기 시작했다.

상단주의 상태를 알 리 없는 비서가 통신구 너머에서 다급하게 말을 이었다.

- 몇몇을 제외하고는 대부분 아직 구두로만 거래 의사를 밝혔던 상태라, 의사 철회는 문제없지 않으냐는 식입니다. 제가 설득해 보려 했지만 통하지 않습니다. 상단주님께서 직접 대화를 나눠 보셔야…… 상단주님?

"……."

오랫동안 이어지는 침묵에 그제야 위화감을 감지한 비

서가 의아하게 그를 불렀다.

하지만 드레이튼은 대답하지 않았다.

아니, 대답하지 못했다.

그의 시선은 아까부터 아렌트에게 꽂혀 있었다.

분노로 거칠어지는 숨을 어찌하지 못해 어깨가 크게 오르내렸다.

크게 떠진 눈동자에는 핏발이 서기 시작했다.

그럼에도 당장 악을 쓰지 않는 것은, 드레이튼이 자신이 할 수 있는 한 최선의 인내심을 발휘한 덕이었다.

짐승이 으르렁거리는 것 같은 분에 찬 목소리가 드레이튼의 목을 긁고 흘러나왔다.

"……도대체 무슨 짓을 한 겁니까?"

"나도 장사를 썩 잘 아는 편은 아닌데, 그래도 그쪽보다는 좀 나은 것 같으니 몇 가지 조언해 드리죠."

아렌트가 피식 비웃음을 터뜨렸다.

"일단 표정 관리부터 좀 더 신경 쓰시고. 상인이라는 사람이 그렇게 곧이곧대로 감정을 드러내서야 되겠어요?"

"……."

"그리고 진짜 끝날 때까지는 방심해서는 안 됩니다. 상대방이 언제 어떻게 뒤통수를 칠지 모르거든요."

결국 참을성이 바닥난 드레이튼이 버럭 소리를 내질렀다.

"무슨 짓을 한 거냐고 묻잖아, 지금!"

"원래 상인은 물건을 팔기 위해서라면 피도 눈물도 없이 굴어야 하는 거 아니었어요? 왜 이렇게 길거리에서 뺨 맞은 사람처럼 반응하시지?"

손으로 귀를 후벼 파는 시늉을 하며 아렌트가 시큰둥하게 대답했다.

"정 궁금하시다면야 말씀 못 드릴 이유는 없죠. 아무리 생각해도 칸 연합이 딱히 내세울 게 없더라고요. 연합장이나 부연합장이나 그저 새파란 애송이일 뿐이고, 와중에 저 때문에 연합이 망하게 생겼다니 약간의 도움은 줘야 제 면이 서지 않겠어요?"

"무슨 말을 지껄이고 싶은 거야!"

결국 드레이튼은 완전히 이성을 잃어버리고 말았다.

그러는 사이 통신구는 또다시 반짝이며 제 존재감을 드러내기 시작했다.

끊임없이 점멸하는 통신구에 등줄기가 축축해지고 있었다.

하지만 드레이튼은 차마 그것을 받을 수가 없었다.

상대방의 용건이 방금 비서가 전해 온 소식과 크게 다르지 않을 거란 직감이 든 탓이었다.

그런 그를 물끄러미 응시하며 아렌트가 툭 내뱉었다.

"이스트 상단은 모든 걸 가졌죠. 하나 빼고."

반달처럼 휘어진 황금색 눈동자가 은근한 웃음기를 드

리웠다.

"근데 아주 운 좋게도, 그 하나가 내 손에 있더라고요."

아렌트의 말을 이해하지 못한 드레이튼이 얼빠진 얼굴을 했다.

아렌트가 피식 웃음을 터뜨렸다.

"그래서 힘 좀 써 봤죠. 우리 불쌍한 형님이랑 헨리 공자님께 자그마한 도움이라도 될까 하고. 하지만 그것만으로는 모자란다면서, 노이만 상단주님이 홍보를 좀 하셨나 봐요."

구석에 찌그러져 있던 올리버가 저도 모르게 홀린 듯 중얼거렸다.

"설마…… 거래처?"

아까 새로운 거래처를 구해 왔다며, 헨리가 자신에게 지나가듯 건넨 말을 기억해 낸 것이다.

하지만 아무리 머리를 굴려 봐도 이 판을 단번에 뒤집을 만한 수는 떠오르지 않았다.

그야, 아무리 대단하다고 한들 아렌트는 그저 견습 기사일 뿐이었으니까.

하지만 드레이튼은 뭔가 짚이는 구석이 있는 듯했다.

잠깐 입을 다물고 있던 드레이튼의 낯빛이 갑자기 목을 졸린 사람처럼 창백하게 질렸다.

하지만 그는 자신이 떠올린 일말의 가능성을 어떻게든 부정하고 싶은 듯했다.

"아니, 잠깐만. 그럴 리가……."

"아, 여기까지 먼 길 오셨으니 당신한테도 보여 드릴까요? 마침 오늘 아침에 납품될 물건 표본이 도착해서 가지고 왔거든요."

아렌트는 품에서 작은 주머니를 꺼내 던져 주었다.

툭.

발치에 떨어진 주머니를 내려다보는 드레이튼의 동공이 흔들리기 시작했다.

눈치를 보던 수하가 잽싸게 그것을 주워 드레이튼에게 건네주었다.

분노로 충혈된 눈으로 아렌트를 노려본 드레이튼은 그것을 빼앗듯 낚아채 열었다.

주머니의 입구가 조금 벌어지자 온갖 차가 진열된 연합 안에서도 특히나 도드라지는, 단 한 번도 맡아 본 적 없는 독특한 향이 물씬 풍겼다.

"이건……."

"엘프 2왕국에서 나는 찻잎인데, 지금까지는 에버란 왕국 내에서만 조금 유통되었다고 하더라고요. 에버란 왕국에서 당분간 칸 연합을 통해서만 칼리온 제국에 수출해 주겠다는 확답을 받아 왔어요."

드레이튼의 손이 잘게 떨리기 시작했다.

엘프들의 물건을 직접 수입할 수 있는 것은 황제의 허가를 받은 상단들뿐이었다.

그마저도 극소량뿐이라, 엘프국에서 들어온 품목들은 모두 다 부르는 게 값이었다.

직접 수입해 오는 상단들도 그 지경인데, 다른 상단이 그들을 경유해 물건을 구하는 것은 결코 쉬운 일이 아니었다.

그러나 에버란 왕국은 사정이 좀 달랐다.

에버란 왕국은 르웰린 왕자의 활약으로 비교적 엘프와의 교류가 왕성한 나라였다.

품귀 현상이 일어나는 것은 마찬가지지만, 그렇다고 해서 칼리온 제국 안에서처럼 눈 씻고 찾아봐도 매물이 없는 정도는 아니었다.

그러니 그쪽을 통해 물건을 구했다는 게 영 얼토당토않은 말은 아니었다.

새하얘진 머릿속에 견습 기사의 유쾌한 목소리가 파고들었다.

"어때요? 그쪽에는 이런 거 있나?"

"……."

멍청히 서 있던 드레이튼이 간신히 반박거리를 찾아 더듬더듬 입 밖으로 꺼냈다.

"하, 하지만 에버란 왕국에서…… 그쪽에서 왜?"

"여기서 하릴없이 수다 떠는 것보다 직접 발로 뛰시는 게 낫지 않을까요? 이미 사실 확인도 끝난 마당에 이유가 뭐가 중요해요? 계약을 철회하겠다는 곳까지 나왔는데."

하지만 돌아온 것은 놀리는 것 같은 말뿐이었다.

"당신이 매입한 차 상점이요. 지금도 실시간으로 가치가 떨어지고 있을 겁니다. 빨리 이스트 상단이든 당신네 상단이든, 아니면 하다못해 에크하르트 백작에게라도 뛰어가야 하는 것 아니에요?"

빙그레, 기분 좋은 미소를 지은 견습 기사가 조곤조곤 내뱉는 말들 하나하나가 위장을 뒤틀리게 만들었다.

"상대방이 어떤 감언이설에 넘어갔는지, 우리가 무슨 수작질을 부렸는지 얼른 확인해서 대응하셔야죠."

얼핏 부드러운 어조처럼 들렸지만, 안에 담긴 것은 노골적인 조롱이었다.

입술을 꽉 깨문 드레이튼이 한참 만에 짓씹듯 툭 내뱉었다.

"이 일은 결코 잊지 않을 것이오, 아렌트 경."

그것을 마지막으로, 드레이튼은 자리를 박차고 연합을 나가 버렸다.

"자, 잠깐만 기다려 주십시오, 상단주님!"

멍하니 있던 그의 수하들이 허둥지둥 그의 뒤를 따랐다.

쾅!

문이 거칠게 닫히고, 방금까지의 소란과 완벽히 대비되는 침묵이 가득 들어찼다.

개중에서도 가장 시체 같은 얼굴을 한 것은 난데없는 소동에 휘말린 올리버였다.

아렌트는 소중한 관객을 향해 말을 건넸다.

"이봐요, 거기 이름 모르는 아저씨."

"예, 예?"

올리버가 화들짝 놀라 튀어 오르자, 아렌트가 삐딱하게 덧붙였다.

"방금 다 봤죠?"

"예?"

"두 눈 똑똑히 뜨고 보고 들었을 거 아니에요. 에크하르트 백작이 아수라장이 된 집구석을 어떻게든 수습해 보려고 이스트 상단을 끌어들였다는 것부터, 칸 연합이 지금부터 뭘 팔 예정인지."

이어지는 말에 올리버가 멍하니 고개만 주억거렸다.

쯧 혀를 찬 아렌트가 인상을 찌푸렸다.

"그럼 안 튀어 나가고 뭐 해요? 당신도 당장 그쪽 상단주에게 보고하는 편이 좋을 텐데. 내가 거짓말하는 게 아니라는 건 그쪽도 잘 알 거 아니에요."

"……."

"차만 있는 게 아니에요. 다른 물건들도 천천히 시간차를 두고 풀 겁니다."

드레이튼과 에크하르트 백작은 이미 상점을 인수할 계약까지 끝마친 상태였다.

아렌트가 지금껏 기다려 온 게 바로 이 순간이었다.

단지 이스트 상단을 배제하는 것으로 끝내서는 안 됐다.

어떻게든 에크하르트 백작에게도 지독한 패배감을 안겨 줘야만 완벽한 승리라고 할 수 있었다.

"이스트 상단은 단기전으로 끝내고 싶어 하는 것 같았지만, 저는 그럴 생각 없어요. 길게 끌고 가면서 천천히 숨통을 조이는 게 취향이라."

"……"

올리버는 차마 뭐라 대답할 수 없었다.

고작 그의 반도 살지 않은 앳된 청년에게서 뭐라 설명하지 못할 섬뜩함을 느낀 탓이었다.

"참고로 거래는 노이만 상단주님이 중계하실 거예요. 애송이 둘이서 운영하는 작은 연합이라고 해서 등쳐 먹을 생각은 안 하시는 게 좋을걸요."

"예? 등, 등쳐 먹다니요! 그럴 리가 없……."

"세상에서 제일 치사한 족속이 상인이라면서요? 그쪽도 상인 아니었던가?"

화들짝 놀라 횡설수설하던 올리버가 입을 꾹 다물었다.

아렌트가 무심하게 손을 휘휘 내저었다.

"그러니까 그쪽도 이제 할 일 하러 가세요."

"……할 일, 말씀이십니까?"

올리버의 눈에 차차 초점이 돌아오기 시작했다.

"네, 댁의 알량한 호의에 대한 값은 방금 보여 드린 구경거리로 충분히 치른 것 같고. 거스름돈 대신 사방팔방으로 소문이나 내 주세요."

그와 시선을 마주친 아렌트가 짧게 툭 내뱉었다.

"무슨 뜻인지 이해했죠?"

"……!"

쿠당탕.

올리버는 마치 뭐에라도 홀린 듯이 몸을 일으켰다.

의자가 바닥을 뒹굴었지만 그것조차 눈치채지 못한 것 같았다.

"그, 연합장님. 죄송합니다. 먼저 가 보겠습니다."

허둥지둥 짐을 챙기며 올리버가 급하게 헨리를 향해 연신 고개를 꾸벅꾸벅 숙였다.

"죄송합니다. 다음에 뵙겠습니다. 꼭이요. 꼭입니다."

"네, 물론이죠. 살펴 들어가세요."

헨리가 쓴웃음을 지으며 고개를 끄덕여 주었다.

올리버는 그 말에 대답하는 둥 마는 둥 하고는 드레이튼과 마찬가지로 급하게 연합 밖으로 나가 버렸다.

관객 역할의 마지막 배우까지 시나리오대로 퇴장하고 문이 쾅 닫혔다.

칸 연합의 텅 빈 홀을 무대 삼은 한바탕 연극이 성황리에 끝맺어지는 순간이었다.

박수 소리가 없는 게 좀 아쉬웠지만, 대신 아렌트는 자신을 향해 복잡한 시선을 보내는 헨리에게 어깨를 으쓱여 보였다.

"어때요?"

"어떻고 자시고······."

그 천연덕스러운 말에 헨리는 쓴웃음을 흘릴 수밖에 없었다.

형제를 압박하기 위해 이스트 상단을 끌어들인 에크하르트 백작의 손속은 분명 지나친 면이 있었다.

하지만 이 한바탕 연극을 위해 에버란 왕국의 왕자를 달달 볶아 댄 아렌트를 보고 있자니 그 정도는 오히려 귀여운 수준처럼 느껴질 지경이었다.

하지만 헨리는 굳이 그 점을 입 밖으로 내는 대신, 짧게 묵례했다.

"고생하셨습니다. 감사합니다, 아렌트 경."

"공치사하긴 일러요. 이제부터 시작이거든요."

하지만 도도한 견습 기사는 그 짧은 감사도 아직 받을 생각이 없는 듯했다.

"구경할 준비나 하세요. 꽤 재밌어질 테니까."

아렌트의 입가에 그림 같은 미소가 드리웠다.

그날 밤.

아렌트가 눈 좀 붙이겠다며 연합 내에 마련된 객실에 들어가자, 어둠이 내리깔린 홀에 헨리와 아르크스만이 마주 앉았다.

최근 질리도록 마신 차 대신 술 한 병과 단출한 잔을

사이에 둔 채였다.

"되게 오랜만에 마시는 것 같은데."

"그럴 상황이 아니었으니까. 전에는 너무 바빴고."

헨리가 새삼스럽게 꺼낸 말에 아르크스가 조용히 대답했다.

술로 목을 축인 헨리가 쓰게 웃으며 운을 뗐다.

"참 대단해, 아렌트 경은. 설마 이게 진짜 가능할 줄은 꿈에도 몰랐어."

모든 게 다 아렌트의 계산대로 되었다.

아렌트는 노이만과 함께 칸 연합과 거래를 끊은 상단들을 역추적하는 동시에, 에크하르트 백작이 소유한 상단을 샅샅이 뒤졌다.

이 과정에서 노이만은 이스트 상단이 새로 차릴 상점을 곧바로 매각할 준비에 나섰다는 사실을 알아차렸다.

그 말을 전해 들은 아렌트는 인수자가 에크하르트 백작과 관련된 사람일 가능성을 제시했고, 노이만 역시 동의했다.

두 사람의 추측은 아주 보기 좋게 맞아떨어졌다.

에크하르트 백작의 산하 상단 중, 드레이튼이 이끄는 곳이 큰 거래를 준비하는 정황이 포착된 것이다.

그리고 아렌트는 이번 판을 설계하기 시작했다.

르웰린 왕자를 통해 에버란 왕국에서 엘프국의 물품을 들여오기로 결정한 것이다.

그 뒤 일은 일사천리로 진행되었다.

아렌트는 당장 에버란 왕국 쪽과 계약을 성사해 왔고, 노이만은 미리 추려 놓았던 상단들 쪽에 조언이라는 명목으로 슬쩍 입김을 불어넣었다.

칸 연합에 조만간 엘프 왕국의 물건이 싸게 들어올 텐데, 기회를 놓치면 아깝지 않겠느냐고.

이스트 상단의 차 상점과의 연결 고리를 정리하라는 노골적인 협박이었지만, 당장 눈앞에 놓인 이득에 정신이 팔린 상단들은 두 번 생각하지 않고 미끼를 덥석 물었다.

걷잡을 수 없이 커지는 일에 정말 그렇게까지 해야 하냐며 잠깐 반항했던 아르크스는 정강이를 한 대 얻어맞고 닥칠 수밖에 없었다.

"그 정도 묘기는 할 수 있어야 상인이라고 자처할 수 있는 건가? 나는 소심해서 흉내도 못 내겠어."

헨리가 너스레를 떨자 아르크스가 그에게 시선도 주지 않고 대답했다.

"그런 것치고는 순순히 협조하지 않았던가?"

"협조 안 하고 배겨? 아렌트 경 성격은 나보다도 네가 더 잘 알잖아. 조금이라도 개겼으면 드레이튼 씨가 아니라 내가 먼저 나가떨어졌을 텐데."

농담이라고 던진 한마디였지만, 아르크스의 표정은 영 풀리지 않았다.

결국 헨리도 분위기를 바꾸는 것을 포기한 채 짧게 한

숨을 내쉴 수밖에 없었다.

"……심란하냐?"

"그렇지."

아르크스는 제 앞에 놓인 잔을 단번에 비워 버렸다.

더 말하지 않고 헨리는 다시 잔을 채워 주었다.

맑은 술이 찰랑이는 잔을 받아 든 아르크스가 중얼거렸다.

"화낼 자격 따위는 없었는데. 그 녀석을 방치한 건 나 역시 마찬가지니까."

"지금 최선을 다하고 있잖아. 그러면 된 거지."

"아니, 이렇게까지 되기 전에 내가 손을 썼어야 했어."

헨리가 위로를 건넸지만 아르크스는 딱 잘라 대답했다.

"이번에도 결국 아렌트가 일을 해결하게 했지. 내가 진즉 끊어 냈다면 벌어지지 않았을 일이다. 결국 너한테도 폐를 끼쳤군."

"폐는 무슨. 너라는 동업자를 얻기 위해서는 충분히 감수해야 할 일이야."

너스레 떠는 말에 그제야 아르크스가 시선을 들었다.

불만 섞인 눈빛을 보내오는 그를 보며 헨리가 쿡쿡 웃음을 터뜨렸다.

"그 뚱한 눈, 전에는 몰랐는데 아렌트 경이랑 상당히 닮았는데?"

"농담할 기분 아냐."

"농담이라도 해. 좋은 날이잖아. 자책보다는 승리를 축하하는 게 어때?"

"아직 안 끝났어. 끝까지 긴장을 놓쳐선 안 돼."

"칫, 재미없는 놈."

헨리가 불만스럽게 투덜거렸다.

하지만 그 덕에 아르크스는 조금 기분이 풀린 눈치였다.

병을 들어 헨리의 잔을 채워 준 아르크스가 한탄하듯 중얼거렸다.

"당분간 아버지를 마주할 일은 없을 거야."

"……너는 후회 안 하냐?"

잠깐 눈치를 보던 헨리가 조심스럽게 물었다.

"그대로 백작가에 남았어도 됐잖아."

지금은 그런 목소리가 조금 줄어들었지만, 불과 얼마 전까지만 해도 승승장구하는 아렌트에게 뒤늦게 빌붙으려 한다며 욕하는 이들도 분명히 있었다.

아렌트 역시 처음에는 그렇게 말하기도 했고.

아르크스가 묵묵히 고개를 끄덕였다.

"그렇지, 하지만 한 번 눈에 들어오기 시작하니 도저히 못 견디겠더라고."

"뭐가?"

짧은 질문에 잠깐 뜸을 들이던 아르크스가 툭 내뱉었다.

"어머니 생각이 나서."

아름다운 이목구비와 새하얀 은발, 그리고 황금색 눈동

자까지.

 유난히 제 모친을 닮은 아렌트였다.

 그녀는 자유분방하고 사랑이 많으며, 참 다정한 사람이었다.

 무뚝뚝하고 고집 센 에크하르트 백작마저도 속수무책으로 사랑에 빠질 정도였다.

 그녀를 쏙 빼닮은 얼굴로 가족 간의 사랑 같은 건 한 번도 받아 본 적 없다는 것처럼 구는 아렌트를 보고 나서야 정신이 번쩍 들었다.

 그때는 이미 너무 늦은 뒤였지만.

 오늘 역시 마찬가지였다.

 드레이튼과 정면으로 대치하면서도 아렌트는 시종일관 무덤덤했다.

 "차라리 아렌트가 화내고 원망했더라면 좀 나았을지도 모르지."

 아르크스가 조용히 덧붙이는 말에 헨리가 천천히 고개를 끄덕였다.

 "……무슨 말인지 알겠어."

 전혀 동요하지 않는 그를 보고 있자니 도리어 속이 뒤집어진 아르크스였다.

 특유의 무표정이 그동안 시커멓게 썩어 들어간 마음을 대변하는 것처럼 보인 탓이었다.

 그래서 답지 않게 분노를 쏟아 내 버렸다.

한심하게도.

헨리는 말없이 손을 들어 아르크스의 어깨를 툭, 두드려 주었다.

아르크스는 묵묵히 그 손길을 거부하지 않고 술잔을 기울이는 것으로 어설픈 위로를 받아들였다.

* * *

얕은 잠에 빠졌던 아렌트는 밖에서 들리는 기척에 눈을 떴다.

저벅. 저벅.

복도를 따라 걷는 조심성 없는 발소리에서는 취한 사람 특유의 불규칙성이 느껴졌다.

그것만으로도 방으로 다가오는 사람이 누구인지는 충분히 짐작할 수 있었다.

"……."

방문 앞에서 걸음을 멈춘 상대방은 또 한참을 망설였다.

하지만 술기운에 용기를 얻어 평소라면 결코 하지 않을 짓을 실행하기로 결심했는지, 이내 문고리를 잡았다.

'술 처먹었으면 그냥 잠이나 자지.'

아렌트는 한숨이 터져 나오려는 것을 꾹 눌러 담고 그냥 눈을 감아 버렸다.

잠시 후, 달칵 문이 열리고 약간의 술 냄새와 함께 조심스러운 기척이 가까이 다가왔다.

 침대맡에 선 아르크스는 한참 동안 우뚝 서 있기만 했다.

 거리가 좁혀지니 달큰한 주향이 더욱 선명하게 느껴졌다.

 멀뚱멀뚱 아렌트를 내려다보기만 하는 아르크스와, 잠든 척하는 아렌트 사이에 기묘한 대치가 벌어졌다.

 잠시 후.

 살며시 손을 뻗은 아르크스가 아렌트의 머리를 부드럽게 쓰다듬었다.

 꼭 금방 깨질지도 모르는, 귀한 보물을 만지는 듯한 손길이었다.

 하지만 그것도 잠깐이었다.

 그가 깰까 봐 두렵기라도 한지, 얼른 손을 치운 아르크스는 금세 몸을 빙글 돌려 방에서 빠져나가 버렸다.

 탁.

 문이 다시 닫히고, 아렌트가 천천히 눈을 떴다.

 "……저 자식을 어쩌지."

 모든 일이 뜻대로 흘러가던 와중, 딱 하나 예상치 못한 것은 아르크스의 반응이었다.

 불쾌해할 거라고는 짐작했지만 설마 그렇게까지 제 아버지를 향해 분노를 쏟아 낼 거라곤 미처 몰랐던 것이다.

 '이런 건 별로 달갑잖은데.'

'성검의 푸른 기사'에서 아렌트가 사형당한 뒤의 아르크스는 어땠을까.

아렌트가 백작가에 끼친 피해를 만회하기에 급급해 제 속이 썩어 들어가는 건 미처 알아차리지 못했을 것이다.

그러다 어느 날 문득 뭔가가 잘못되었다는 것을 깨달았겠지.

하지만 이미 아렌트는 죽었고, 제국은 업화에 휘말렸다.

무엇 하나 돌이킬 방법은 없으니 말 그대로 비극이었다.

"쯧."

그런 것보다야 아버지에게 소리 지르며 반항하고, 비록 껍데기일지언정 싸가지 없는 동생에게 정강이나 걷어차이며 일에 치여 사는 편이 훨씬 나았다.

진짜 사과받아야 할 사람은 이미 없지만, 그건 그가 연기를 멈추지 않는 이상 아르크스는 영원히 모를 일이고.

'당분간은 장단 맞춰 줘야겠군.'

그렇게 결론을 내린 아렌트는 다시 눈을 감아 버렸다.

* * *

이제부터 시작이라던 아렌트의 말은 하나도 틀리지 않았다.

발길을 끊었던 상인들이 당장 다음 날부터 슬금슬금 다

시 모습을 드러내기 시작한 것이다.

헨리는 마치 아무 일도 없었다는 듯 사람 좋게 미소 지으며 그들을 맞이해 주었다.

그 덕에 일주일 뒤, 엘프 왕국의 차가 입고된 날이 되자 연합 앞이 인산인해를 이룰 지경이었다.

그때까지 긴가민가하던 상인들은 눈이 휘둥그레질 수밖에 없었다.

"진, 진짜 이 가격이란 말입니까?"

"하하, 물론이에요. 저는 그저 다양한 차를 많은 분들께 선보이고 싶을 뿐입니다. 더 많은 양을 들여오지 못해서 아쉬울 따름입니다."

따지듯 묻는 상인에게 헨리가 싱긋 웃는 얼굴로 대답해 주었다.

칸 연합은 엘프 왕국의 차를 간신히 손해만 안 볼 정도의 가격으로 매대에 올렸다.

애초부터 수익을 보고 벌인 일이 아니었으니 가능한 일이었다.

그들의 목적은 오로지 이스트 상단과 에크하르트 백작을 엿 먹이는 데에 있었으니까.

'하여튼 대단하시다니까.'

흥분한 상인들을 보며 헨리가 속으로 혀를 내둘렀다.

매장은 이미 발 하나 디딜 틈 없이 북적였다.

아렌트와 노이만이 몇 주간 밤을 새워 가며 벌인 합작

이 대성공을 거둔 것이다.

아렌트에게 상황을 전달받은 르웰린은 기꺼이 제 산하의 상단을 소개해 주었다.

그쪽과 의견을 맞추는 것도 쉬운 일이 아니었지만, 결국 아렌트는 해내고야 말았다.

남은 재고를 싹 다 긁어 오는 것은 물론, 앞으로 그쪽에서 수입하는 엘프국 물건 중 3할을 칸 연합에 공급한다는 것까지 약속받은 것이다.

에버란 왕국 내의 시가에서 2.5배를 쳐주는 대신, 앞으로 반년간 엘프 왕국의 물건은 칸 연합에만 수출한다는 조건도 덧붙여서.

'지금쯤 이스트 상단은 뒤통수를 세게 얻어맞은 기분이겠군.'

물론 그쪽도 노이만과 아렌트가 그저 당하고만 있을 거라고 여기지는 않았을 것이다.

연합에 끊임없이 감시의 눈을 보낸 만큼, 노이만과 아렌트가 뭔가 행동을 보이면 즉각 반응할 수 있도록 촉각을 세우고 있었겠지만……

상대를 영 잘못 골랐다.

상단이 상대방의 움직임을 파악할 때는 인력과 계약서, 그리고 돈의 흐름을 추적하는 게 기본이었다.

돈이 오가는 만큼 흔적이 남을 수밖에 없으니, 상단끼리의 거래에서는 숨기려야 숨길 수가 없는 부분도 명확하게 존재했다.

하지만 아렌트는 이 점에서도 징그러울 정도로 철저했다.

에버란 왕국 측에 들어갈 첫 투자금은 황태자에게 직접 전표로 뜯어내고, 르웰린을 거래 대리인으로 삼은 덕에 흔적이 전혀 남지 않은 것이다.

무려 황태자와 왕자를 손가락 끝으로 부려 먹었다는 말을 들었을 때는 정신이 아득해진 두 사람이었지만, 이미 엎질러진 물은 어쩔 수 없었다.

'……다음에 전하께 따로 사죄드리는 수밖에.'

새삼 등골이 서늘해지는 느낌에 헨리는 고개를 휘저어 상념을 털어 내 버렸다.

개점한 지 얼마 되지 않은 건너편 차 상점은 벌써부터 파리만 날리고 있었다.

희귀한 물건들이 칸 연합에 쏟아져 들어온 게 주된 원인이었지만, 상점을 에크하르트 백작이 자신에게 반항하는 형제에게 보복하기 위해 인수했다는 사실이 알려진 것 역시 한몫했다.

고작 그 정도 이유로 만들어진 상점이 오래 유지될 리 없다 판단한 것이다.

단단히 망신당한 이스트 상단과 에크하르트 백작은 한동안 꽤 고생할 게 분명했으니, 더할 나위 없이 완벽한 승리였다.

정신없이 뛰어다니는 종업원들과 엘프 왕국에서 생산된 신기한 차와 다기를 구경하느라 여념이 없는 상인들로 발 디딜 틈 없는 연합을 물끄러미 보던 헨리가 조용히 다짐했다.

"아렌트 경께는 절대 개기지 말아야지."

절대로.

* * *

"……."
"……."

화려한 응접실에 진득한 침묵이 흘렀다.

시종들까지 모두 물린 자리에서 마주 앉은 두 상단주는 입을 꾹 다문 채 서로를 응시하기만 했다.

같은 자리에서 같은 행동을 하고 있었지만 그 표정은 사뭇 달랐다.

손님인 노이만은 먹이를 잔뜩 구한 곰처럼 푸근한 미소를 지은 채였고, 맞은편에 앉은 이스트 상단의 주인, 안젤라는 한쪽 눈썹을 치켜올린 것으로 불편한 심기를 노골적으로 드러내고 있었다.

"대단하네."

한참 뒤, 안젤라가 먼저 운을 뗐다.

"아주 대단해. 눈에는 눈, 이에는 이라지만 그것도 정도가 있지. 에버란 왕국의 왕자님을 끌어들였다고?"

"제가 말씀드렸지요? 절대로 건드리면 안 되는 사람이라고."

힐난이 가득한 목소리에도 노이만은 그저 기분 좋게 허허 웃을 뿐이었다.

지금은 무슨 욕을 해도 웃어넘길 기세라 안젤라는 더욱 속이 뒤틀릴 수밖에 없었다.

아무런 대접도 없던 지난번과는 달리, 오늘 노이만의 앞에는 고급스러운 다과까지 놓여 있었다.

그 소소한 차이에서도 노이만은 승리자의 기분을 만끽할 수 있었다.

부드럽게 미소 지으며 노이만이 찻잔을 들었다.

"고생이 제법 많으시겠습니다, 누님. 에크하르트 백작님이 상점 인수 계약을 철회하자고 말씀하시지는 않으십니까?"

"그렇게 사리 분별 못 하시는 분은 아니니까. 하지만 드레이튼은 제법 꼴이 볼만하더군."

안젤라의 뾰족한 대답이 돌아왔다.

상점을 넘겨받자마자 이런 사태가 벌어졌으니, 지금쯤 머리를 쥐어뜯고 있을 것이다.

어떻게든 손해를 메워 볼라치면, 칸 연합에서 엘프 왕국 산 신제품을 내어놓는 판이었다.

그런 와중에 이스트 상단은 상점에서 아예 손을 떼어

버린 것도 모자라, 설상가상으로 에크하르트 백작이 가문을 등진 형제에게 보복하려 상점을 이용했단 소문이 돌며 평판까지 땅에 떨어졌다.

이스트 상단은 고작 그 정도 험담에 흔들릴 리 없지만, 수도 근처에는 기반이 없는 드레이튼의 상단이라면 사정이 조금 달랐다.

게다가 지금은 대부분의 상단이 칸 연합에게 잘 보이려 안달 난 상황이니, 드레이튼의 상점 쪽에 힘을 실어 줄 곳이 있을 리 없었다.

안젤라가 쯧 혀를 찼다.

"체면 때문인지 아직은 어떻게든 버티고 있다만, 그쪽도 별도리가 없겠지."

이스트 상단이라는 뒷배도 잃고, 앞에서는 칸 연합이 칼을 겨누고, 약간이라도 수작을 부려 볼라치면 노이만 상단이 눈을 부라리는 상황에 드레이튼은 이도 저도 못 하고 당할 수밖에 없었다.

이스트 상단주가 노이만을 곱지 않은 눈으로 흘겨보았다.

"나보다도 더 심한 짓을 하는구나."

"아렌트 경이 그렇게 말씀하시더군요. 천천히 말려 죽이는 쪽이 훨씬 더 재미있다고 말입니다."

그렇게 대답하는 노이만은 퍽이나 즐거워 보였다.

덕분에 속이 한 번 더 긁힌 안젤라가 뾰족하게 툭 내뱉었다.

"성격이 대단히 나쁘군, 아렌트 경은."

"허허, 아무래도 그렇지요. 두 번 말하면 입이 아플 정도입니다."

하지만 노이만은 눈 하나 깜빡하지 않고, 품에서 서류를 꺼내 들었다.

"누님, 아무래도 결판이 난 것 같지 않습니까? 우리도 계산할 게 남았을 텐데요."

"……."

언젠가 나눴던 내기 각서였다.

각자 판돈으로 뭘 걸었는지 명시한 내용 아래에는 노이만과 안젤라의 서명이 선명하게 새겨져 있었다.

안젤라의 표정이 일그러지는 것과는 상반되게, 노이만은 퍽 유쾌하다는 어조로 제안했다.

"아렌트 경께 지분 일부를 넘겨주겠다 말씀하셨지요? 이스트 상단의 사업장 하나를 그분께 건네주시면 어떻습니까?"

"……생각해 보니 웃기는 조항이야. 너와 나의 내기인데 왜 아렌트 경에게 이득이 돌아가지?"

"제게도 충분히 이득입니다. 아렌트 경은 제 사업 동료임과 동시에 제일 큰 고객님이기도 하시니까요."

그렇지 않아도 바쁜 아렌트가 직접 사업장을 관리할 수 있을 리 없었다.

결국 노이만 쪽에서 대리로 운영하게 될 테니, 그 수수

료만 받아도 수지 타산이 맞는 일이었다.

"징그러운 놈."

"아렌트 경께 사업장 목록을 보내시고, 직접 하나를 고르라 하시면 될 겁니다. 인수 절차는 아렌트 경 대신 제가 처리하겠습니다."

안젤라가 욕을 하든 말든, 노이만은 그저 행복하게 웃을 뿐이었다.

결국 다 포기한 안젤라는 쯧쯧 혀를 차며 의자에 등을 툭 기댔다.

"내기는 내기니까, 어쩔 수 없지. 내가 졌다."

그녀다운 깔끔한 패배 선언이었다.

노이만이 흡족하게 고개를 끄덕이며 물었다.

"에크하르트 백작님과는 어떻게 하실 겁니까? 아, 이건 단지 제 개인적인 궁금증일 뿐입니다."

"청산해야지. 차 상점이 제대로 굴러가서 백작의 발판 노릇을 했다면 몰라, 지금 와서는 관계를 유지하는 것도 무의미해. 그리고……."

잠깐 뜸을 들이던 안젤라가 눈썹을 찌푸렸다.

"타국의 왕자까지 끌어들일 수 있는 사람과 척지고 싶지는 않아."

"드디어 깨달으셨군요."

장난스럽게 대답하면서도 노이만은 속으로 말을 삼켰다.

르웰린 왕자만이 아니었다.

황태자의 집무실에 직접 쳐들어가서 돈을 뜯어 왔다는 것을 알게 된다면 안젤라가 어떤 표정을 지을지 문득 궁금해진 그였다.

"하지만 그래도 아직 완전히 끝나지는 않았지."

다음 순간 들려온 안젤라의 목소리가 상념에 빠진 노이만의 의식을 현실로 돌려놓았다.

"혹시 몰라. 드레이튼과 에크하르트 백작이 의외의 수완을 발휘해서 차 상점을 되살릴지도. 그러면 또 상황이 달라지겠지."

"누님은 드레이튼 씨가 상점을 살릴 수 있을 거라 여기십니까?"

"음……."

잠깐 고민하던 안젤라가 답을 내어놓았다.

"차 상점은 무리겠지만, 아예 업종을 바꿔서 자리를 잡는 건 가능하겠지. 상점과 함께 그쪽 건물 소유권까지 넘겼으니."

하지만 사실 그것도 에크하르트 백작에게는 비현실적인 이야기였다.

애당초의 목적도 잃어버렸으니, 굳이 손해를 감수할 필요도 없었고.

잠깐 뜸을 들이던 안젤라가 덧붙였다.

"그렇게 말해도…… 솔직히 지금 상황에서는 다른 사

람에게 넘기는 것이 좋겠군."

사실 그게 드레이튼과 에크하르트 백작에게는 가장 현명한 선택지였다.

속은 좀 쓰리겠지만, 포기는 빠를수록 좋았다.

"지금도 하루하루 손해만 늘고 있을 테니 헐값에라도 넘기는 편이 낫겠지."

"말씀대로입니다."

찻잔을 쥔 노이만이 느긋하게 고개를 끄덕였다.

그 묘한 뉘앙스에 안젤라가 눈썹을 휘었다.

"그건 무슨 뜻이지?"

하지만 노이만은 대답하지 않았다.

그저 그는 사람 좋게 웃으며 엉뚱한 말을 던질 뿐이었다.

"아렌트 경은 이런저런 재주가 참 많은 분입니다만, 그중에서도 그분이 특히나 잘하시는 것이 하나 있습니다."

"……그게 뭔데?"

뜬금없이 무슨 소리냐는 타박을 놓는 대신, 안젤라는 그 화제에 어울려 주기로 했다.

아렌트라는 인물에 호기심이 생긴 건 사실이었으니까.

잠깐 뜸을 들이던 노이만이 짧게 덧붙였다.

"사람 열받게 만드는 일입니다."

"……"

욕인지 칭찬인지 알 수 없었지만, 그렇게 말하는 노이

만은 대단히 뿌듯해 보였다.

떨떠름한 눈으로 그를 보던 안젤라가 짧게 한숨을 내쉬었다.

"아직 안 끝났다는 이야기군."

"역시 누님은 말이 잘 통하십니다."

노이만이 씨익 웃으며 대답했다.

안젤라는 여기서 호기심을 거두기로 했다.

더 알아봤자 별로 좋은 꼴을 못 볼 것이라는 직감이 든 탓이었다.

* * *

드레이튼은 차마 고개도 들지 못했다.

식은땀을 줄줄 흘려 대며 숨조차 크게 쉬지 못하는 드레이튼의 앞에는 평소와 같이 무표정한 에크하르트 백작이 있었다.

"그래서, 도무지 안 되겠다고."

"……죄송합니다."

"이스트 상단이 뒤를 봐줬는데도 고작 어린애 둘을 감당하지 못해, 손을 놓겠다고?"

머리 위에 서늘한 음성이 내리꽂히자 드레이튼은 더욱 허리를 깊이 숙일 수밖에 없었다.

"진심으로…… 면목 없습니다."

"……."

그를 무심하게 응시하던 에크하르트 백작이 천천히 한숨을 내쉬었다.

드레이튼은 실력 있는 상인이었다.

그래서 그를 믿고 일을 맡겼지만 그 결과가 이 모양이었다.

며칠간 그를 계속해서 괴롭히던 편두통이 다시금 지끈 올라왔다.

'도대체 어쩌다가…….'

어디서부터 잘못되었는지, 뭘 바로잡아야 하는지 알 수가 없었다.

침음을 흘리며 관자놀이를 꾹꾹 누르던 에크하르트 백작은 가라앉은 시선으로 드레이튼를 보았다.

몇 주 전, 칸 연합 쪽으로 출장을 갔다가 돌아온 그는 자신이 어떻게든 해 보겠다며 노기 찬 의욕을 드러내 보였다.

하지만 그것도 얼마 가지 않아 이 꼴이었다.

눈에 띄게 수척해진 드레이튼은 당장 금전적인 손해보다는 심적으로 받은 피해가 더 커 보였다.

머리에 피도 안 마른 애송이에게 당했다는 것이 무엇보다 견디기 힘든 모양이었다.

한동안 심란한 생각에 빠져 있던 백작이 운을 뗐다.

"드레이튼."

"……말씀하시지요, 백작님."

"내가 실수한 건가?"

차분한 어조로 돌아온 말에 드레이튼이 화들짝 놀라 고개를 들었다.

"백, 백작님! 그게 무슨 말씀이십니까, 백작님께서는……!"

"자네와 함께 일한 지 꽤 오랜 시간이 지났지. 자네의 저력이 어느 정도인지는 내가 잘 아네."

백작은 드레이튼의 말을 중간에서 뚝 끊어 버렸다.

"이스트 상단과 손을 잡은 것도 나고, 상점을 인수할 사람으로 자네를 고른 것도 나지. 하지만 결과를 보게."

분노나 실망감, 그 어떤 감정도 담지 않은 덤덤한 어조였다.

그래서 드레이튼은 더욱 긴장할 수밖에 없었다.

눈동자를 아래로 내리깐 백작이 천천히 한숨을 내쉬었다.

'아렌트.'

백작가는 자신을 담기에 너무 좁다 말하던 얼굴이 떠올랐다.

누군가를 쏙 빼닮은 황금색 눈동자에 아무런 감정도 내비치지 않은 채, 에크하르트 백작가의 이름 따위는 쥐도 안 가진다며 노골적으로 비웃던 모습은 마치 화인처럼 그의 눈꺼풀 아래에 새겨졌다.

깍지 낀 손에 힘이 꾹 들어갔다.

백작의 속을 자꾸만 긁는 것은, 어쩌면 그 말이 틀리지 않았을지도 모른다고 생각하게 되는 자기 자신이었다.

 엇나가기에 내쳤다.

 훈육이 통하지 않으니 쓸모없다 여겼다.

 호된 꼴을 당하면 알아서 돌아와 납작 엎드릴 거라 생각했지만…….

 결국 그는 자신의 자리를 찾아낸 걸로도 모자라, 그곳에 굳건히 뿌리를 내린 채 백작가를 향해 사납게 짖어 대고 있었다.

 게다가 평생 자신을 얌전히 따르던 아르크스까지 그의 곁에서 아비에게 이빨을 드러낸다니.

 "후우…….."

 치솟아 오르는 여러 감정을 한숨을 토해 내는 것으로 갈무리한 백작은 화제를 돌렸다.

 "이미 매물로 내어놓았다고?"

 "예…… 그렇습니다."

 드레이튼이 죄스러운 얼굴로 대답했다.

 "입은 손해는 어쩔 수 없지. 헐값에라도 처분하도록. 오래 버티고 있을수록 망신만 당하겠군."

 황궁과 황성 주변에는 에크하르트 백작이 제 아들들을 어찌하기 위해 이스트 상단을 등에 업고 수작을 부렸다는 소문이 파다했다.

 이미 망신이란 망신은 다 당한 판에 새로운 투자자를

모을 수도 없었고, 누가 봐도 손해밖에 남지 않을 상점에 돈을 더 들이는 것도 낭비였다.

사실상 패배 선언이었다.

배 속부터 꿈틀거리는 모멸감에 드레이튼은 결국 이를 꾹 악물었다.

"……둘째 도련님, 아니, 아렌트 경께는 언젠가 설욕할 것입니다."

"설욕?"

하지만 돌아온 말은 그저 싸늘하기만 했다.

놀란 토끼 눈으로 고개를 든 드레이튼은 얼음장처럼 차가운 백작의 얼굴과 마주하고 말았다.

무표정한 낯으로 그를 물끄러미 응시하며 백작이 짧게 툭 내뱉었다.

"건방지게. 네 주제에?"

"……."

뻣뻣하게 굳어 버린 드레이튼이 다시 허리를 푹 숙였다.

앞으로 공손하게 모은 그의 두 손이 잘게 떨리고 있었다.

"……실언했습니다. 말씀, 말씀대로 처리하겠습니다."

며칠 뒤.

차 상점 건물과 시설을 헐값에 매각했다는 드레이튼의 보고가 날아들었다.

상점을 인수하겠다 나서는 상단이 없어, 혼자 가게를 꾸리려 한다는 개인에게 팔아 치웠다는 내용이었다.

거기에 손해를 본 내역까지 장부로 빼곡하게 적혀 있었지만, 골치가 아파진 백작은 제대로 살피지 않고 치워 버렸다.

그리고 얼마 지나지 않아, 에크하르트 백작에게 한 통의 편지가 도착했다.

잘 먹었습니다.

의기양양함을 한껏 담은 짧은 한 문장 아래에는, 보란 듯 유려한 필체로 아렌트의 서명이 새겨져 있었다.

"……."

탁.

결국 에크하르트 백작은 제 이마를 때리며 집무실 의자에 몸을 던지듯 등을 파묻어 버렸다.

2장. 영광스러운 삶

영광스러운 삶

 아렌트의 방에 불쑥 찾아간 아서는 눈앞에 펼쳐진 광경에 잠깐 멈칫했다.
 "……너 되게 좋아 보인다?"
 모처럼 자신의 방에서 여유를 즐기는 견습 기사는, 마치 배부른 고양이 같은 꼴로 소파에 파묻혀 서류를 팔락팔락 넘기며 흡족한 미소를 짓고 있었다.
 그래서 그런지 평소라면 무시했을 물음에 대한 답이 순순히 흘러나왔다.
 "돈을 갈퀴로 쓸어 담게 생겼거든요."
 "그리고 보니 노이만 상단주님이랑 이스트 상단주님이 내기를 하셨댔나."
 아서가 납득하고 고개를 끄덕였다.

덕분에 아렌트는 이스트 상단의 잘나가는 사업장 하나를 손에 넣을 수 있었다.

 사업장을 대신 운영해 줄 노이만에게 충분한 수수료를 지급해도, 견습 기사의 알량한 녹봉 따위는 우습게 보일 정도의 수익이 다달이 들어오게 된 것이다.

 "그리고 모처럼 생긴 돈으로 투자를 좀 했더니, 어딘가의 백작님이 약 올라서 뒷목 잡았다는 소식이 들려와서요."

 대리인을 내세워 상점을 매입한 뒤 일부러 에크하르트 백작가 쪽에 정보상의 염탐꾼을 보내 둔 아렌트였다.

 덕분에 장난칠 겸 보냈던 짧은 편지가 갈기갈기 찢긴 채 버려졌다는 아주 재미있는 소식까지 전해 들을 수 있었다.

 귀족들 앞에서 아들과 절연할 때도 결코 제 감정을 곧이곧대로 내보이지 않던 백작이었다.

 그런 그가 손수 편지를 찢어 버렸다니, 아렌트로서는 기분이 유쾌해질 수밖에 없었다.

 "그 꼴을 직접 봤어야 하는데. 좀 아쉽네요."

 "너도 참 너다. 나였으면 더러워서라도 더 이상 안 엮였을 텐데."

 "선배, 제가 전에도 비슷한 말 하지 않았어요?"

 아렌트가 서류를 탁 덮으며 운을 떼자 아서가 불퉁하게 대답했다.

"뭐, 이 자식아."

"더러워서 피한다고 하지만, 그게 생각보다 귀찮은 일이거든요. 이번에도 봐요. 먼저 시비 걸어온 쪽이 누군데요? 그러니까······."

아렌트의 입가에 특유의 성격 나쁜 미소가 드리웠다.

"일단 한 번 밟아 준 뒤, 이쪽이 먼저 더러운 놈이 되는 게 제일 편한 방법입니다. 상대방이 알아서 피해 가게."

"······."

꽤 오래전부터, 이놈이 진짜 기사로서 괜찮은지는 더 이상 생각하지 않게 된 아서였다.

하지만 이럴 때마다 심란함에 잠기게 되는 건 어쩔 수 없었다.

'징그러울 정도로 한결같은 자식.'

하지만 아렌트의 말에 틀린 점은 없었다.

적어도 당분간은 에크하르트 백작도 숨죽이고 살 것이다.

아니, 어쩌면 차남이 있는 곳으로는 고개도 안 돌릴지도 모르겠다.

그렇게까지 험한 꼴을 당했으니까.

애초부터 칸 연합은 황태자의 비호 아래에 있으니, 백작과 이스트 상단이 이길 수 있는 싸움이 아니었다.

그냥 조용히 정리할 수도 있었을 텐데 굳이 이렇게까지 괴롭혔다는 데에서는 그저 진득한 악의밖에 느껴지지 않았다.

영광스러운 삶 〈61〉

'이것도 올곧다면 올곧은 건가.'

그냥 생각을 포기해 버린 아서가 허공을 보려던 찰나, 아렌트가 툭 내뱉었다.

"자, 이쪽은 정리가 다 되었으니…… 다음 손님을 맞이할 준비를 해야죠."

"손님?"

아서가 의아하게 되묻는 말에 아렌트가 어깨를 으쓱했다.

"지금까지 얌전히 기다려 준 것도 사실 의외라. 진즉 쳐들어올 줄 알았는데."

그의 말이 끝나기가 무섭게 강한 마력의 파동이 느껴졌다.

소스라치게 놀란 아서가 반사적으로 검을 틀어쥐려는 때, 낯설지 않은 목소리가 귓가에 파고들었다.

"그걸 알면서도 늦장을 부렸단 말이군."

"……!"

목소리가 들려온 방향으로 고개를 홱 돌린 아서는, 고작 몇 걸음 떨어진 곳에 있는 한 쌍의 새빨간 눈동자와 정면으로 눈이 마주치고 말았다.

몇 초 후.

"흐아아악!"

아서의 입에서 거창한 비명이 터져 나왔다.

후다닥 뒤로 물러서는 그를 보며 렉시온이 혀를 찼다.

"담력이 약하군."

"그, 그런 식으로 나타나시면 당연히 놀랍니다!"

아서가 억울한지 꽥 고함쳤다.

그러는 사이에도 태연히 소파에 기대 있던 아렌트가 손을 휘 내저었다.

"전 초대한 적 없는데. 황실 기사단 생활관에 무단으로 침입하는 게 얼마나 큰 죄인지 모르십니까?"

"나쁜 말버릇은 여전하군. 건물이랑 같이 가루가 되고 싶나?"

첫인사치고는 살벌한 말들이 오갔다.

그제야 벌렁거리는 가슴을 진정시킨 아서가 간신히 물었다.

"렉, 렉시온 님? 여긴 왜……."

"미리 말해 두지만 난 너희들이랑 엮일 생각 따위 전혀 없었다. 저 꼬맹이가 굳이 날 끌어들인 거지."

렉시온이 고갯짓으로 아렌트를 가리켰다.

"어쨌든, 내가 친히 전언까지 남기지 않았던가? 도대체 무슨 배짱으로 일을 치고 다니는 거지?"

"인간에게는 인간의 사정이 있는 겁니다. 그리고 최대한 빨리 정리한 거거든요? 더 놀 수도 있었는데."

소파에 방만하게 기댄 자세로 아렌트가 손을 휘휘 내저었다.

"그리고 렉시온 님이 그쪽을 주시한다는 걸 알았으니, 무슨 일이 터지더라도 알아서 대응해 주실 거라고 생각했죠. 나름 드래곤인데."

"……."

오랜만에 말을 섞으려니 새삼 열이 뻗쳤지만, 렉시온은 그냥 관자놀이를 꾹꾹 누르는 것으로 짜증을 잘 갈무리했다.

"정말 한마디를 안 지는군, 망할 꼬맹이."

"……대단하십니다. 저 같았으면 한 대 팼을 텐데."

질린 목소리로 중얼거리는 아서를 힐끗 본 렉시온이 담백하게 대꾸했다.

"심사가 뒤틀리면 힘 조절하는 게 어렵거든."

"예?"

"한 대 쳤다가 뒈져 버릴까 봐 못 친다는 뜻이에요."

아서가 멍하니 되묻자 아렌트가 해석해 주었다.

할 말을 잃어버린 아서가 입을 꾹 다물자, 아렌트는 렉시온을 향해 질문을 던졌다.

"어디 다녀오셨는데요?"

"내가 그것까지 보고해야 하나? 아직 너와 내 거래 조건은 충족되지 않았을 텐데."

삐딱하게 선 렉시온이 차갑게 대꾸했다.

하지만 그런다고 해서 눈 하나 깜빡할 아렌트가 아니었다.

"그렇게 쑥스러워하지 않으셔도 되는데요. 어차피 다 알려 주러 여기까지 와 놓고는 무슨. 의외로 부끄러움을 많이 타는 성격이십니까?"

"너 진짜 죽고 싶냐?"

"내키시면 어디 한번 해 보시던가요."

사납게 으르렁거리는 드래곤과 끝도 없이 헛소리를 주절대는 후배 사이에 낀 아서는 조금 도망치고 싶어졌다.

"저는 가도 됩니까? 그냥 둘이 알아서 하시면 안 될까요?"

"내가 무슨 짓을 할 줄 알고?"

"무슨 짓을 하셔도 제가 렉시온 님을 막을 수 있을 것 같지도 않고. 저놈 혼자 죽어야지, 저까지 휘말리고 싶지는 않아서요."

이번에는 렉시온이 입을 다물 차례였다.

아서를 바라보는 렉시온의 시선에 황당함이 깃들었다.

"이 기사단에는 제정신인 사람이 아무도 없나?"

"렉시온 님이 저 자식이랑 매일같이 얼굴 맞대고 지내 보십쇼. 그러면 제 심정을 조금은 이해하실 겁니다."

"……."

렉시온이 잠깐 침묵하자 아렌트가 뚱하니 물었다.

"어라. 왜 갑자기 동정하는 눈빛이 되신 겁니까?"

"……다시 본론으로 돌아가서."

온 지 얼마 되지도 않았는데 벌써부터 기력이 쭉 빠지는 기분이었다.

미간을 꾹 누른 렉시온은 화제를 돌려 버렸다.

영광스러운 삶 〈65〉

"교단 일부 병력이 제국 외부로 나간 것을 확인했다. 어디에 정착했는지 완전히 파악하지는 못했지만, 대충 방향 정도는 추려 냈으니 알아서 추적해."

"갑자기 움직이지는 않았을 테고, 천천히 외부로 병력을 빼돌려 왔다는 거죠? 최근에서야 그 작업이 완전히 끝났다는 거고."

"그렇지."

아렌트의 말에 렉시온이 고개를 끄덕여 주었다.

"정착지가 어디인지도 알아보려 했지만, 방해 때문에 실패했다."

"방해요?"

"내가 말했을 텐데? 놈이 움직였다고."

음산한 대답이 돌아왔다.

아렌트는 잠깐 입을 다물었다가 확인하듯 물었다.

"그러니까…… 교단 측의 드래곤 말하는 거죠?"

"그래."

담백한 긍정에 아렌트가 살짝 인상을 찌푸렸다.

드래곤이 직접 나섰던 거라면 행선지를 추적하지 못한 것도 전부 이해할 수 있었다.

"얼마 전에 대전쟁 당시의 구울 함정이 갑자기 발동됐어요. 그리고 르웰린 왕자에게 건네준 드래곤 본 아티팩트에서 이상 현상이 관찰됐고. 렉시온 님이 말씀하신 방해라는 게 그거랑 관련 있는 일이에요?"

"그래, 잠자코 있던 녀석이 갑자기 마력을 사용해서 그렇겠지. 두 개 다 그놈 작품이니까."

대충 예상했던 답이 돌아왔다.

아렌트는 애매한 표정으로 고개를 끄덕였다.

"혹시 지금껏 조용히 있던 이유는 알아요?"

"내가 어떻게 알아? 몇 가지 짚이는 건 있지만, 확실한 건 아무것도 없지. 놈을 직접 내 눈으로 보기 전까진 말이야."

렉시온이 짜증스레 투덜거렸다.

"대전쟁 당시에도 악신의 교단 편에 붙었던 놈이다. 진즉 죽은 줄 알았는데…… 질긴 목숨을 어떻게든 붙여서 살아남은 모양이지."

"구면인 모양이죠? 그 드래곤이랑."

"아무래도 그럴 수밖에. 어쨌든 놈이 갑자기 나돌아 다니기 시작했으니, 한시바삐 찾아내야지."

불퉁하게 말한 렉시온은 품에서 뭔가를 꺼내 아렌트에게 휙 던져 주었다.

허공에서 그것을 잡아챈 아렌트가 제 손안에 들어온 것을 확인했다.

잘 세공된 흑요석처럼 검은색으로 반짝이는 비늘이었다.

아렌트가 고개를 들어 다시 렉시온을 보았다.

"이게 뭔데요?"

"그걸 가지고 있으면 스텔의 위치를 알 수 있어. 한 번 쓰면 없어지니 주의하고."

드래곤의 날 선 동공이 아렌트를 똑바로 향했다.

"너도 당장 움직이는 게 좋을 거다."

"……."

렉시온이 덤덤하게 덧붙인 한마디에 아렌트의 눈빛이 설핏 가라앉았다.

* * *

"서쪽 평원에서 소환 조짐…… 이라고?"

가만히 듣던 칸타레스가 신음처럼 중얼거렸다.

아렌트는 아무렇지도 않은 얼굴로 고개를 끄덕였다.

"렉시온 님이 그렇게 말씀하셨어요. 그리고 아마 추정컨대, 제국을 빠져나간 교단 세력은 에버란 왕국과 루카인 왕국 근처에 자리 잡았을 가능성이 큰 것 같습니다. 이것도 검증해 봐야 알겠지만."

렉시온이 알려 준 방향대로라면 그쪽이 가장 유력한 후보지였다.

다이아나가 이마를 짚으며 고개를 내저었다.

"전 이제 저 녀석이 회의를 소집하면 덜컥 겁부터 납니다."

"그럴 만도 하지. 난 아렌트 경 얼굴만 봐도 간이 떨릴 지경이네."

켄드릭이 조용히 맞장구쳤다.

가지고 오는 것마다 대형 사고니까.

하지만 정작 어마어마한 소식을 가지고 온 장본인은 뻔뻔하게 대꾸할 뿐이었다.

"제가 좀 잘생기긴 했죠."

"……."

단장들과 황태자는 한숨만 푹푹 내쉴 뿐이었다.

그런 와중에도 평정심을 잃어버리지 않은 라이오스가 화제를 원래대로 돌렸다.

"소환 조짐이라는 건 뭐지?"

"뭐긴 뭐겠어요. 또 그 지겨운 괴물 놈들이 쏟아져 나온다는 거겠죠."

아렌트가 시큰둥하게 말했다.

"지금은 스텔…… 그러니까, 렉시온 님의 수하가 혼자 그 자리를 지키고 있답니다. 하지만 일이 터지면 그 사람 혼자서는 수습 불가능하대요. 렉시온 님은 교단 쪽 드래곤을 쫓느라 정신없어 보였고."

"……그렇군."

라이오스가 굳은 얼굴로 고개를 끄덕였다.

그는 네펠레 왕국에서 스텔과 검을 맞댄 적 있었다.

그렇기에 스텔이 만만하게 볼 존재가 아니라는 것을 잘 알고 있었다.

스텔이 감당하지 못할 정도의 규모라면, 결코 해결하는

것이 쉽지는 않을 것이다.

한동안 고민하던 칸타레스가 입을 열었다.

"라이오스 단장."

"하명하십시오."

"채비가 끝나는 대로 3기사단과 함께 출격해. 할 수 있겠나?"

라이오스가 단정하게 묵례했다.

"명 받들겠습니다."

"켄드릭 단장, 다이아나 단장, 그대들은 제국 밖으로 나갔다는 교단 세력을 추적해."

"예, 알겠습니다."

켄드릭과 다이아나 역시 군말 없이 대답했다.

"곧 엘프 전사들이 제국에 도착할 테니, 본격적으로 전투 채비를 해야겠군. 에버란 왕국과 루카인 왕국 쪽에도 연락하고……."

혼잣말처럼 중얼거리던 칸타레스가 아렌트를 보았다.

황태자와 눈을 마주친 아렌트가 삐딱하게 물었다.

"왜요?"

"어쩌면 상관없는 일일지도 모르고, 아무도 자각하지 못하는 것 같아서 굳이 한번 짚어 주는 거다만."

칸타레스는 습관처럼 관자놀이를 꾹꾹 누르며 말했다.

"서부 평원. 거기 에크하르트 백작의 영지와 굉장히 가깝다."

"……."

단장들 역시 그것은 미처 생각하지 못한 듯 그대로 굳어 버렸다.

칸타레스는 멀뚱멀뚱 눈만 깜빡이는 아렌트를 똑바로 바라보며 한마디 덧붙였다.

"괴물들을 소환할 장소로 굳이 거길 고른 이유가 뭔지, 나는 좀 짐작이 되는 것 같기도 한데."

짧은 침묵 후, 아렌트의 입에서 맹한 탄성이 터져 나왔다.

"아."

"그러게 성질 좀 작작 부리지."

상황을 전해 들은 리히트의 한마디였다.

하지만 아렌트는 뻔뻔할 뿐이었다.

"내가 뭘 했다고요."

"진심이냐?"

곁에서 듣던 아서가 황당하게 되묻자, 말 위에 짐을 실으며 아렌트가 시큰둥하게 대답했다.

"원래 때린 사람은 기억 못 해요. 맞은 사람만 복수심에 이를 박박 갈 뿐이지."

"그런 의미에서, 네 알 바 아니라는 거군. 앙금이 안 남을 정도로 실컷 두들겨 팼으니까."

리히트의 침착한 말에 아렌트가 담백하게 고개를 끄덕였다.

"이제야 말이 좀 통하네요."

부정할 수 없는 말이었다.

물론 시비는 저쪽에서 걸었다지만, 어느 쪽이 피해자인지 꼽자면 그것은 단연 에크하르트 백작이었다.

아렌트가 손에 넣은 상점은 칸 연합으로 넘어가 차 상점으로서 재개점을 준비하고 있었다.

상점에 드나들 손님들은 번듯한 그 건물을 볼 때마다 에크하르트 백작의 뼈아픈 패배를 되새기게 될 테니, 굴욕도 그런 굴욕이 없었다.

"제가 백작님이라면 앞으로 아렌트가 있는 쪽으로는 고개도 안 돌릴 겁니다."

"동감한다."

아서가 조용히 중얼거리는 말에 리히트가 고개를 끄덕였다.

서부 평원은 에크하르트 백작의 땅과 맞닿아 있었다.

황실 기사단이 직접 출격하는 데다, 악신교가 얽힌 건이니 백작이 영주로서 기사단을 맞이하러 나와야 하는 것은 당연한 일이었다.

그러니 아렌트와 백작 역시 자연히 대면하게 될 게 분명했다.

'말은 그렇게 하지만……'

진짜 괜찮은 거 맞나.

아서는 약간의 염려를 담아 아렌트를 보았다.

하지만 차마 그 생각을 입 밖으로 꺼내기도 전, 아렌트는 말고삐를 끌고 먼저 밖으로 나가 버렸다.

"야, 야!"

뻘쭘하게 그를 부르던 아서는 리히트와 눈이 마주쳤다.

리히트 역시 개운치 못한 얼굴로 말했다.

"단장님이 함께 계시니 별일은 없을 거다. 백작님이 사적인 감정 때문에 경거망동하실 리도 없고."

"백작님이야 그렇겠지만, 저 자식이 얌전히 있을 것 같지는 않은데……."

아서는 찜찜한 눈으로 아렌트가 빠져나간 곳을 보았다.

놈은 평소와 다를 게 전혀 없었다.

늘 그랬듯 성격 나쁘고, 제 아버지를 엿 먹이고 돈을 잔뜩 벌었다는 사실에 즐거워했다.

인간이라면 어쩔 수 없이 느끼고 마는 껄끄러움마저도 어딘가에 팔아 치워 버린 것처럼 구는 녀석이었다.

'하지만…….'

뭔가가 마음에 걸렸다.

그러나 도무지 뭐가 문제인지 콕 집어낼 수가 없었다.

그 점이 못내 꺼림칙한 아서였다.

* * *

라이오스를 선두로 3기사단 전체가 한꺼번에 출격하는

모습은 그 자체만으로도 위엄이 넘쳤다.

튼튼한 근육과 윤기 흐르는 털을 가진 명마들에 올라, 허리를 꼿꼿이 펴고 거리를 가로지르는 기사들의 모습은 역사서에 실릴 만한 한 폭의 그림 같았다.

자주 구경할 수 있는 광경이 아닌 만큼, 사람들은 건물 창문에서 고개를 빼꼼 내밀거나, 길가에 몸을 붙이고 서서 호기심과 경외 가득한 눈빛을 보냈다.

악적을 물리치기 위해 여정을 떠나는 기사들을 향한 환호가 곳곳에서 터져 나왔다.

"제국을 어지럽히는 악적들에게 정의의 철퇴를 내려 주십시오!"

"루체 님의 영광이 함께하시길!"

"신께서 축복하실 겁니다!"

그러나 그 호의 가득한 축복을 곧이곧대로 받아들일 수 없는 사람이 한 명 있었다.

"축복은 얼어 죽을."

"……제발 조용히 해라. 남들이 듣겠다."

아렌트가 짧게 투덜거리는 목소리를 놓치지 않은 라이오스가 타박을 놓았다.

신앙이라고는 쥐뿔도 없는 놈이란 건 진즉부터 알고 있었지만, 어째 날이 갈수록 더 삐뚤어지는 것 같았다.

"왜요. 경건한 척 기도라도 해 볼까요, 그럼?"

빈정거림을 한껏 담아 돌아온 대답에 라이오스가 침착

하게 답했다.

"그건 우릴 위해서 참아 줬으면 좋겠군."

"선 그으십니까?"

"여러 가지 의미에서 정신 건강에 안 좋다."

라이오스가 칼같이 잘라 내는 말에 아렌트는 입을 비죽이고는 다시 말을 모는 데 집중했다.

규칙상, 원래 견습 기사인 아렌트는 대열의 가장 뒤에 있어야 했다.

하지만 스텔의 위치를 알 수 있는 물건을 가진 탓에 라이오스의 바로 뒤에서 길 안내를 맡았다.

덕분에 라이오스는 이동하는 내내 아렌트를 감시하는 처지가 되었다.

평소라면 아렌트와 농담 따먹기를 하다 속이 뒤집어졌을 다른 기사들에게는 상당히 편한 여정인 셈이었다.

곧 황성을 벗어난 그들은 말을 박차고 속도를 올렸다.

아렌트는 가죽끈에 꿰어 목에 걸어 둔 렉시온의 비늘을 꺼내 손바닥 위에 올려 두었다.

그것을 본 라이오스가 짧게 물었다.

"반응이 있나?"

"아직은 잠잠한데요. 더 가까이 접근해야 뭐든 알 수 있을 것 같아요."

이걸로 어떻게 스텔을 찾을 수 있는지, 아렌트는 아직 아무런 설명을 듣지 못했다.

제 말만 실컷 늘어놓은 렉시온은 비늘을 주고는 왔을 때와 똑같이 홀연히 사라져 버렸다.

그 바람에 따로 질문을 할 순간도 없었다.

'악신교에 있는 드래곤을 찾으러 간다고 했던가.'

비늘 목걸이를 다시 원위치로 돌려놓으며 아렌트는 생각에 잠겼다.

렉시온은 여유로운 척했지만, 아무래도 상황이 생각보다 더 급박하게 돌아가는 것 같았다.

'다이아나 단장과 켄드릭 단장이 소득을 거두면 좋겠지만.'

제국 밖으로 나간 교단을 추적하러 간 두 사람은 각자 에버란 왕국, 루카인 왕국과 협력해 대대적인 수색을 펼치기로 했다.

아렌트는 그들에게 교단의 광신도들만이 아닌, '부서진 심장의 검' 일원들의 위치를 파악해야 한다고 강조했다.

그 점은 황태자와 다른 단장들 역시 동의했다.

괴물들이 어디에서 숨을 죽이고 있는지 대략적인 장소만이라도 추려내야 했다.

'서부 평원에서 벌어지는 구울 소환이 진의 소행이라면, 적어도 진은 제국 내에 버티고 있다고 봐도 되겠지.'

문제의 드래곤은 렉시온이 추적하는 듯했고, 남은 건 로저였다.

로저는 진의 뒤치다꺼리를 하는 신세인 듯하긴 했지

만, 중요한 임무에서까지 그와 붙어 다니지는 않을 것 같았다.

진과 로저가 함께 움직이는 것은 지나친 병력 낭비였으니까.

아렌트가 다시 생각에 잠겼다.

'일이 더 커질 수도 있겠어.'

대대적으로 수색을 벌이는 와중에 교단과 충돌할 확률이 제법 높았다.

누구 하나라도 먼저 검을 뽑아 든다면, 그것이 전쟁의 서막이 될 것이다.

지금까지 주먹구구식으로 틀어막아 오긴 했지만, 놈들의 전력은 결코 무시할 수준이 아니었다.

로저와 진, 혹여나 있을지 모를 부서진 심장의 검 일원, 그리고 아직 정체조차 짐작할 수 없는 성녀.

게다가 진이 만들어 냈을 살아 있는 구울과 호문쿨루스, 거기에 체르니온을 믿고 따르는 미친 신도들까지.

'자카르 교관 일행도 곧 제국에 도착하고.'

서부 평원을 정리하고 복귀할 무렵이면 이미 자카르와 실비안이 황궁에 있을 것이다.

'성검의 푸른 기사'에서보다는 훨씬 나은 상황이긴 했다.

하지만 자칫 전 대륙이 불바다가 될지도 모르는 도박이기도 했다.

칼리온 제국 내로 국한되었던 무대가 배로 넓어져 버렸으니까.

병력이 분산된 것은 얼핏 좋은 징조인 듯 보이긴 했지만, 반대로 수비해야 할 영역이 훨씬 방대해졌다는 뜻이기도 했다.

"아렌트."

문득 익숙한 목소리가 상념에 잠긴 의식을 깨웠다.

반사적으로 고개를 든 아렌트는 라이오스의 새파란 눈동자와 시선을 마주쳤다.

몇 발짝 앞에서 말을 모는 라이오스가 고개만을 살짝 틀어 아렌트를 보고 있었다.

"잡념이 과하다."

"네?"

뜬금없는 한마디에 아렌트가 인상을 구기며 되물었다.

라이오스는 다시 정면을 보며 간단히 덧붙였다.

"눈앞의 일만 생각하도록. 뒷일까지 고려하는 건 굳이 네가 하지 않아도 돼."

"……."

아렌트가 잠깐 멍해진 사이, 라이오스는 말에 박차를 가해 저만치 앞서 나가 버렸다.

말고삐를 단단히 쥔 라이오스의 등이 유유히 멀어졌다.

그 뒷모습을 아연하게 보던 아렌트는 이내 곤혹스럽게

제 얼굴을 쓸어내렸다.

"……와, 씨."

어떻게 알았지.

최근 들어 가끔 이런 식으로 불현듯 깨닫고는 했다.

라이오스는 결코 방심할 상대가 아니라고.

고개를 한 번 털어 내 표정을 가다듬은 아렌트는 괜히 말고삐를 고쳐 잡고 속력을 올렸다.

'정신 차려야지.'

아무래도 무대 위에 너무 오래 머문 나머지 긴장이 풀리는 모양이었다.

* * *

렉시온이 건네준 비늘은 황성에서 꽤 멀어진 뒤에야 반응했다.

비늘의 날 선 부분이 마치 나침반처럼 어느 한 방향을 가리키기 시작한 것이다.

하지만 그게 썩 희소식만은 아니었다.

비늘이 이끄는 대로 이동하다 보니 에크하르트 백작의 영지를 향해 똑바로 직진하게 된 것이다.

그 결과, 며칠간의 여정 끝에 제3기사단의 모두가 가장 염려하던 상황이 벌어지고 말았다.

에크하르트 백작 영지로 접어드는 성벽 밖으로 그들을

마중 나온 인물들을 확인한 기사들의 입에서 짧은 탄식이 터져 나왔다.

말 달리는 속도를 서서히 늦추며 아서가 아득하게 중얼거렸다.

"이게 이렇게 되네요……."

"나는 이제 모르겠다."

곁에 있던 라이더의 탄식이었다.

다른 이들 역시 대부분 비슷한 심정이었다.

하지만 라이오스만큼은 평정심을 잃어버리지 않았다.

태연한 것은 모든 일의 당사자인 아렌트 역시 마찬가지였다.

활짝 열린 성문 앞에 선 백작을 발견하고서도 아렌트는 그저 덤덤하기만 했다.

에크하르트 백작은 백마를 타고 수하들의 호위를 받으며 기사단을 기다리고 있었다.

가까이 접근해 오는 기사들을 본 백작이 먼저 말에서 내렸다.

기사들 역시 성문 앞에서 말을 멈춰 세우고, 선두에 있던 라이오스가 에크하르트 백작의 앞에 섰다.

"오랜만에 뵙습니다, 에크하르트 백작님. 황실 제3기사단의 단장, 라이오스 드 윈프리드입니다."

"다시 뵙게 되어 반갑습니다, 라이오스 단장님."

라이오스가 먼저 악수를 청하자 에크하르트 백작이 무

표정한 얼굴로 손을 맞잡았다.

얼핏 보기에는 아무런 문제 없는 첫인사였다.

하지만 두 사람 사이에 흐르는 은근한 냉기는 누구라도 알아볼 수 있을 정도였다.

글렌이 목소리를 잔뜩 죽여 속닥댔다.

"어째 아렌트보다 단장님이 더 언짢으신 것 같습니다?"

"에크하르트 백작님도 그리 기분이 좋아 보이시지는 않는군."

리히트 역시 자세를 흐트리지 않고 작게 속삭였다.

게다가 아렌트가 라이오스와 가까이 있었던 탓에 지켜보는 입장에서는 다소 미묘한 구도가 되고 말았다.

그리고 당사자인 아렌트는……

멀찍이 보이는 후배의 옆얼굴을 확인한 아서가 한숨을 섞어 말했다.

"정작 본인은 좀 재미있어하는 것 같은데요."

"진짜 성격 이상한 새끼."

단박에 라이더에게서 욕이 돌아왔다.

기사들이 속닥대는 사이, 백작과 라이오스는 지극히 형식적인 대화를 이어 나갔다.

"상황은 전달받았습니다. 제 보좌관이 서부 평원과 가까운 곳으로 안내해 드릴 것입니다. 그쪽에 머무실 거처도 마련해 두었습니다."

"호의에 감사드립니다, 백작님."

백작이 딱딱하게 통보한 말에 마찬가지로 라이오스가 무감정하게 대답했다.

 인사를 마친 에크하르트 백작은 라이오스의 뒤에 있는 아렌트를 보았다.

 멀뚱멀뚱 있다가 백작과 시선이 마주친 아렌트가 고개를 삐딱하게 기울였다.

 "뭘 봐요? 잘생긴 사람 처음 보십니까?"

 "……."

 기사들이 여기저기에서 이마를 짚었다.

 계속 무표정을 유지하던 백작의 낯에 황당함이 깃드는 것도 순식간이었다.

 "미친놈……."

 누군가가 무심코 중얼거린 욕에 반박하는 사람은 아무도 없었다.

 에크하르트 백작은 한동안 그대로 얼어붙어 있었다.

 원수보다 못한 부자지간의 재회에 긴장하던 기사들 역시 맥이 빠져 한동안 말을 잇지 못했다.

 아연한 침묵이 흘렀다.

 휘이잉.

 건조한 바람이 안타깝다는 듯 일행을 한 번 쓰다듬고 지나갔다.

 한참의 갈등 끝에 에크하르트 백작은 그냥 아무것도 못 들은 척하기로 결심해 버렸다.

"……말씀드린 대로 저 대신 보좌관이 안내해 드릴 겁니다. 제가 직접 가면 좋겠지만, 아무래도 처리할 일이 많아서."

나이 지긋한 보좌관이 퍼뜩 정신을 차리고 라이오스에게 고개 숙여 인사했다.

기사들 역시 마음속 깊은 곳에서 우러난 기사도를 발휘해 그냥 못 본 셈 쳐주기로 했다.

심히 속이 심란하다는 눈빛을 숨기지 못한 라이오스도 그냥 묵묵히 고개를 끄덕일 뿐이었다.

"호의 감사드립니다."

마지막으로 아렌트를 한번 일별한 백작은 이내 말에 훌쩍 올랐다.

그러고는 별다른 말도 없이 수하들을 이끌고 돌아가 버렸다.

홀로 남은 보좌관이 식은땀을 뻘뻘 흘리며 라이오스를 향해 허리를 숙였다.

"제이든이라고 합니다. 모시게 되어서 영광입니다, 라이오스 단장님."

다시 자세를 바로잡은 그의 시선이 한순간 아렌트에게 닿았다가 떨어졌다.

그것을 알아차린 라이오스는 몸을 살짝 움직여 보좌관의 시선을 아예 차단해 버렸다.

"잘 부탁하지."

"……."

 라이오스의 의도를 알아차린 제이든의 표정이 살짝 흐려졌다.

 하지만 그는 곧 표정을 수습하고는 한 번 더 묵례하고 몸을 돌려 자신의 말을 잡아끌었다.

 일행이 다시 움직이기 시작하고, 아렌트는 갈무리했던 비늘을 다시 꺼내 보았다.

 확실히 점점 거리가 가까워지고 있는지, 검게 반짝이는 드래곤의 비늘이 아까보다 더 강하게 반응하고 있었다.

 손 위에 올려 두면 미미하게 한쪽 방향으로 움직이려는 것이 눈에 보일 정도였다.

 마치 다른 극의 자석이 서로를 끌어당기는 것 같은 모습이었다.

 잠깐 생각하던 아렌트는 말에 박차를 가해 앞장서서 걷는 보좌관에게 다가갔다.

 "혹시 영지에 전조 증상이나, 다른 이상 현상은 없었나?"

 설마 태연하게 말을 걸어올 거라곤 예상치 못한 제이든이 멈칫했다.

 하지만 자신의 본분까지 잊어버리지는 않았는지, 보좌관은 이내 답을 내주었다.

 "제가 알기로는 전혀 없었습니다, 도련님."

 "도련님?"

 "……죄송합니다, 아렌트 경."

미묘하게 올라간 말꼬리에 제이든이 단박에 말을 바꿨다.

"다른 영지에서 벌어진 일들 때문에 영주님께서도 치안에 신경 쓰시던 차였습니다. 불온한 일이 생겼다면 백작님께서 먼저 황궁 측에 보고하셨을 겁니다."

"집 나간 애새끼들이랑 쓸데없이 기 싸움 하느라 미처 못 알아차린 건 아니고?"

"……."

제이든의 얼굴이 순식간에 창백해졌다.

그것을 알아본 라이오스가 기민하게 화제를 낚아채 보좌관을 구해 주었다.

"혹시 수상한 자가 방문하지는 않았나?"

"그…… 없었습니다. 서부 평원은 몬스터가 자주 출몰하는 곳이라 치안대와 토벌대가 늘 상주합니다. 수상한 인물이 배회했다면 그들이 먼저 알아차렸을 겁니다."

식은땀을 뻘뻘 흘리면서도 제이든은 어떻게든 말을 이어 갔다.

"혹시 모를 사태에 대비해 서부 평원으로 드나드는 성문은 출입을 통제했습니다. 상주하는 치안대는 그곳에서 대기하도록 했고, 기사들과 병사들을 보내 평원과 이어지는 성문을 지키고 있습니다. 필요하시다면 그들을 동원하십시오."

"제안은 고맙지만 거절하지. 다른 자들은 성문 안에서 대기하도록 명령할 예정이다."

라이오스가 정면을 보며 담담하게 대답했다.

"자칫 피해만 늘어날지도 모르니까."

"……."

어쩐지 서늘하게 들리는 한마디에 제이든의 낯빛이 더욱 파리해졌다.

기사들을 성문 근처까지 안내해 준 제이든은 도망치듯 자리를 떠 버렸다.

덜덜 떨리는 목소리로 거들어 줄 일이 있다면 근처에 머물겠다 말했지만, 무서워 죽겠다고 온몸으로 표현하는 그에게 차마 남아 달라 말할 수가 없던 라이오스였다.

몇 채 없는 민가는 미리 대피를 끝내 텅텅 비어 있었다.

깨끗하게 비워 둔 여관을 주둔지로 삼은 3기사단은 한시도 지체하지 않고 곧장 임무에 나섰다.

가장 먼저 라이오스는 대기하던 치안대와 백작의 병사들을 한데 불러 모아 지시했다.

"우리가 나가면 바로 성문을 닫고, 성안에서 혹시 모를 침입에 대비해라."

"성안에서…… 말씀이십니까?"

납득이 안 된다는 얼굴로 백작의 기사가 그렇게 물었다.

라이오스는 그에게 고개를 끄덕여 주었다.

"그럴 일은 없도록 하겠지만, 우리가 놓치는 개체가 성안으로 침입하려 할 가능성이 있다. 그러니 방비를 결코 게을리하지 말도록. 망루에도 상시로 망보는 인원을 두고 궁수를 배치해라."

명령을 받은 기사는 여전히 개운치 못한 얼굴이었지만 일단 고개를 끄덕였다.

"……알겠습니다."

그의 어깨를 한 번 두드려 준 라이오스는 다시 자신의 부하들 쪽으로 돌아갔다.

3기사단은 이미 수색에 나설 채비를 마친 상태였다.

"아렌트와 아서, 리히트는 스텔을 찾아라. 나머지 인원은 3명씩 조를 짜서 평원을 수색한다. 서로 너무 멀어지지 않도록 주의해라. 나는 혼자 움직이지."

"예!"

기사들이 우렁차게 대답하는 목소리를 흘려들으며 아렌트는 비늘을 손에 쥐었다.

햇빛을 반사해 오색 빛으로 반짝이는 검은 비늘은 여전히 무언가에 강하게 이끌리는 것처럼 움찔거렸다.

그리 멀지 않은 곳에 스텔이 있다는 뜻이었다.

아렌트의 어깨너머로 진동하는 비늘을 본 리히트가 문득 중얼거렸다.

"그 스텔이라는 자는 정체가 뭐지?"

"드래곤의 수하라고 하니까, 인간은 아니겠죠. 어쩌면 재밌는 구경을 할 수 있을지도 모르겠네요."

시큰둥하게 대답한 아렌트는 비늘을 손에 쥐었다.

잠시 후 성문이 활짝 열리고, 기사들이 미리 명 받은 대로 일사불란하게 움직였다.

선배들이 모두 빠져나갈 때까지 느긋하게 기다리던 아렌트는 가장 마지막으로 평원에 발을 들였다.

쿠우웅.

얼마 지나지 않아 성문이 육중한 소리를 내며 굳게 닫혔다.

하지만 기사들 중 뒤돌아보는 사람은 아무도 없었다.

서슴없이 평원으로 나서는 기사들을 망루에서 내려다보는 이들의 눈에 경탄이 서렸다.

"망설임이라고는 보이지 않는 걸음들이시군."

"우리까지 후방으로 뒤로 물려 두시고는……."

퇴로까지 스스로 막아 둔 채 전장에 나서는 그들의 모습은 가히 숭고했다.

특히 아렌트는 최근 에크하르트 백작가 소속 검사들에게 동경의 대상이 되어 가고 있었다.

백작에게 반발해 안락한 집을 뛰쳐나가서 스스로 제 능력을 증명해 내고, 결국에는 황태자의 인정까지 받게 된 백작가의 탕아.

어려서부터 망나니로 유명했던 그가 지금은 명망 높은 기사단장 곁에서 세상을 뒤집으려는 악신교와 맞서 싸운다니.

청년들의 마음에 불을 지피기에 딱 좋은 서사였다.

게다가 최근에는 까다로운 영주에게 제대로 반격까지 한 덕에, 혁명가를 꿈꾸는 젊은이들에게 아렌트는 라이오스만큼이나 영웅으로 보일 수밖에 없었다.

망루에 선 이들의 선망 어린 눈길들이 선배들 틈에 섞인 아렌트에게 향했다.

그리고 잠시 후.

"아."

바로 옆에 선 아서가 아렌트에게 주먹을 휘두르고, 그것을 가뿐히 피해 낸 아렌트가 선배의 옆구리에 반격을 가하는 광경이 눈에 들어왔다.

"……."

얻어맞은 옆구리를 쥐고 파들파들 떠는 아서를 한심하게 보던 아렌트는, 어느새 뒤에서 다가온 라이오스에게 뒤통수를 맞고 주저앉았다.

"……."

치안대원들과 백작가 소속 기사들의 어색한 시선이 허공으로 흩어졌다.

구름 낀 하늘이 유난히도 탁했다.

* * *

"어째 단장님은 말보다 손이 더 빨리 나가시는 것 같은데요."

영광스러운 삶 〈89〉

얻어맞은 곳을 매만지며 아렌트가 투덜거리자 리히트가 한숨을 푹 내쉬며 대꾸했다.

"원래 안 그러셨다. 누구 때문이라고 생각하지?"

"전혀 모르겠는데요."

"넌 양심이 있냐?"

견습 기사의 뻔뻔한 말에 아서가 뾰족하게 쏘아붙였다.

그 역시 부지런히 걸음을 옮기면서도 아렌트에게 당한 옆구리를 매만지고 있었다.

"양심이라면 아주 충분해요. 둔해 빠진 선배의 눈치만큼."

"너 진짜 죽고 싶지?"

두 사람 사이에 다시 입씨름이 벌어지려는 찰나, 리히트가 귀찮아 죽겠다는 얼굴로 두 사람의 뒷덜미를 붙잡아 강제로 떼어 놓았다.

"쓸데없이 싸우지 마라. 성가시다."

이런 상황에도 긴장감이라고는 털끝만큼도 찾아볼 수 없는 그들이었다.

황실 기사단으로서 위엄을 지키는 것도 한참 전에 포기했으니, 리히트 역시 그 점을 새삼 지적하고 싶지는 않았다.

하지만 끊임없이 아옹다옹하는 두 어린놈 사이에 끼어 있는 것은 너무 피곤했다.

"뒷덜미 좀 잡지 마세요. 내가 무슨 짐승도 아니고."

짜증스레 리히트의 손을 쳐 낸 아렌트는 자연스럽게 방향을 잡고 성큼성큼 앞서 나가기 시작했다.

과연 평야에 걸맞게 광활한 땅이 흐린 하늘 아래에 끝도 없이 펼쳐졌다.

황량한 벌판에는 평원을 횡단할 수 있는 길이 뻗어 있었지만, 에크하르트 백작이 진즉 통행을 제한해 둔 탓에 인기척은 느껴지지 않았다.

제대로 된 구조물도 없이 그저 너른 땅에 일직선의 길만 나 있는 황야는 자칫 방향을 잃어버리기 딱 좋은 환경이었다.

하지만 아렌트는 거침없이 앞으로 나아갔다.

굳이 비늘이 가리키는 방향을 확인하지 않아도 어디로 가야 하는지는 쉽게 알 수 있었다.

성큼성큼 걸음을 옮기며 아렌트는 얕은 생각에 잠겼다.

'아무래도 우연은 아니겠지.'

소환 장소를 이곳으로 고른 데에서 자신을 향한 진득한 악의가 느껴졌다.

에크하르트 백작가를 짓밟아 버린다면 '아렌트'가 동요할 거라 여긴 것이다.

아무래도 허접하단 말에 어지간히도 열받은 모양이었다.

또 울컥 짜증이 치솟았다.

'핏줄이 뭐라고.'

백작가와 아렌트가 줄기차게 반목해 왔다는 것은 놈들도 눈과 귀가 있으니 모르지는 않을 터였다.

 그런데도 진은 굳이 황궁과 가깝지도 않은 백작가의 영지를 공격 지점으로 골랐다.

 본인은 제 아버지를 찌르고 도망친 주제에.

 배신자 놈의 몸에 밴 거부감 때문인지 여정을 시작할 때부터 기분이 굉장히 언짢았다.

 쓸데없이 오지랖 넓은 기사들이 아닌 척 눈치를 봐 대는 것도 마음에 안 들었다.

 "……쯧."

 한 번 혀를 찬 아렌트는 익숙하게 감정을 갈무리했다.

 당장 눈앞에 없는 진을 어떻게 할 수는 없지만, 이럴 때는 딱 하나 아주 좋은 해결 방법이 있었다.

 '학을 뗄 때까지 괴롭혀야지.'

 진절머리가 나서 쳐다도 보지 못하도록.

 아렌트의 입가에 슬쩍 비릿한 미소가 드리웠다.

 아무래도 상점이 털린 것만으로는 부족한 듯하니, 모처럼 생긴 기회에 아예 관계를 청산해 버리는 것도 나쁘지 않을 것이다.

 백작의 입에서 저 새끼 내 아들 아니라는 소리가 나온다면 더 이상 성가신 일은 생기지 않겠지.

 '……아르크스 놈은 역효과였던 것 같기도 하지만.'

 잠깐 딴생각이 들었지만, 아렌트는 가볍게 고개를 털어

상념을 지워 버렸다.

단지 목적을 위해서일 뿐, 딱히 사심은 없었다.

진짜로.

* * *

"드디어 찾았군."

칠흑에 잠긴 동굴에 렉시온의 목소리가 먹먹하게 울렸다.

그것을 분명히 들었을 텐데도, 이 거대한 레어의 주인은 고개도 들지 않고서 가만히 명상에 잠겨 있을 뿐이었다.

가만히 그를 응시하던 렉시온이 천천히 걸음을 뗐다.

저벅.

일부러 숨기지 않은 발소리가 어둠에 파고들었다.

마치 단 한 점의 빛도 용납하지 않겠다는 듯, 옛날부터 니케포르는 지하 깊은 곳에 자신의 레어를 마련하곤 했다.

그 악취미적인 취향은 세월이 지난 지금도 변하지 않은 모양이었다.

"야, 안 들리냐?"

렉시온이 쏘아붙였다.

그러나 암흑에 파묻힌 뒷모습은 여전히 미동도 하지 않았다.

그는 익숙한 엘프의 모습을 취하고 있었다.

이것 역시 옛날과 변하지 않은 점 중 하나였다.

과거부터 인간을 좋아하지 않던 그였다.

그래서 굳이 엘프의 모습으로 폴리모프해 지내고는 했다.

하지만 썩 잘 어울리는 외견은 아니라고, 렉시온은 언제나 그렇게 생각했다.

동공 한가운데에 가부좌를 틀고 앉은 그의 머리칼은 고운 비단결처럼 사방으로 흩어져 있었다.

평범한 엘프들의 것보다 훨씬 결이 좋은 금발이 바깥에서 머금은 빛을 채 떨쳐 내지 못한 것처럼 반짝였다.

어둠을 숭상하는 그에게는 과분한 빛이었다.

거기까지 생각이 미치자 울컥 짜증이 치솟았다.

"대답해, 니케포르!"

렉시온이 짜증을 가득 실어 쏘아붙였다.

자신의 이름이 불리자 그제야 가부좌 튼 뒷모습이 움찔했다.

잠깐의 침묵 뒤에야 대답이 흘러나왔다.

"왜 이렇게 성질이 급한지 알 수가 없네. 멋대로 쳐들어온 주제에 손님 취급을 바라는 건 너무 염치없는 짓 아닌가?"

중성적인 미성이었다.

렉시온이 헛웃음을 터뜨렸다.

"내가 지금 손님 대접을 바라는 것처럼 보이나?"

"바라든 아니든, 지금 네 행태는 그렇게밖에 생각 못하겠는데."

드디어 니케포르가 고개를 살짝 돌려 그를 보았다.

창백하게 느껴질 정도로 새하얀 피부에 음울한 초록색 눈동자가 유난히도 이질적으로 보였다.

아름다운 미소를 드리운 입술이 자연스럽게 인위적으로 만들어 낸 호의를 담아 움직였다.

"오랜만에 만나는데, 차라도 대접해 줄까? 렉시."

"그렇게 부르지 마. 당장 죽여 버리고 싶어지니까."

렉시온이 사납게 으르렁거렸다.

짧게 한숨을 내쉰 니케포르가 천천히 몸을 일으켰다.

"너무하네. 오랜만에 마주하는 동족이 썩 반갑지는 않은가 봐? 굳이 일부러 찾아온 주제에 영 버릇이 나쁜데."

길게 늘어진 머리카락이 그의 움직임에 따라 함께 흔들렸다.

느긋하게 움직인 니케포르가 드디어 렉시온과 마주 보았다.

"아니면 따로 용건이라도 있으려나?"

가볍게 돌아온 물음에 렉시온이 서늘하게 쏘아붙였다.

"다 끝난 일에 왜 또 지랄인지 궁금해서."

"끝난 일?"

그의 말을 따라 하며 니케포르가 고개를 갸웃했다.

"재미있는 이야기를 하는구나, 렉시온. 나의 과업은 단 한 번도 멈춘 적 없단다."

"뭐?"

초록색 눈동자를 담은 니케포르의 눈매가 반달처럼 휘어졌다.

입가에 선명한 미소를 머금은 채 니케포르가 느긋하게 말을 이었다.

"아직 내가 살아 있고 그분이 어둠으로서 존재하시니…… 단 한 번도 끝난 적 없어. 우리의 성스러운 투쟁은."

"그래서, 이 긴 삶의 끝에서 네 몸이 썩어 문드러질 때까지 이딴 짓을 반복하겠다고?"

반대로 렉시온의 얼굴은 불쾌감을 감추지 못해 처참하게 일그러지고 말았다.

"그래서 벨라티안을 그런 꼴로 만들었나? 죽어서도 인간들의 손에 조롱당하도록?"

니케포르가 환하게 웃으며 양팔을 활짝 벌렸다.

"그 애가 원했던 거야. 참 영광스러운 삶이지."

"영광이라고? 웃기지 마. 지독한 저주일 뿐이야, 그건."

피에 젖은 듯 새빨간 눈동자가 니케포르의 모습을 고스란히 담아냈다.

그 눈에 비친 자신을 바라보며 금빛 드래곤이 기분 좋게 흥얼거렸다.

"저주라면 그 또한 달게 받아야지. 나의 숙명인 것을."

"……."

이미 그는 말이 통하는 상태가 아니었다.

니케포르를 향한 렉시온의 눈동자가 차갑게 식어 내렸다.

"……제정신이 아니야. 예전에도 그랬지만, 못 보던 사이에 더 심해졌군."

"그러는 너는 귀염성이 없어졌구나. 영웅 애송이와 어울려 다닐 때와는 달리."

턱을 짚은 니케포르가 낯에서 미소를 지우고 고개를 반대쪽으로 기울였다.

"혹시 버림이라도 받았나?"

"버림받았다고? 버렸다면 내가 버렸지. 난 너처럼 구질구질하게 매달리는 것은 딱 질색이라."

건조한 비웃음이 터져 나왔다.

어느새 무표정한 낯이 된 니케포르가 렉시온을 가만히 응시했다.

렉시온 역시 시선을 피하지 않고 조용히 그를 노려보았다.

칠흑 속에서 서늘한 침묵이 흐르기를 한참, 마침내 니케포르가 입을 열었다.

"……네게서 인간 냄새가 나는군."

다소 뜬금없는 한마디였다.

당연하게도 돌아오는 답은 없었다.

하지만 니케포르는 아랑곳하지 않고 천천히 말을 이었다.

"그러고 보니까 말이야, 얼마 전 우리 쪽 귀여운 애가 종알종알 이야기해 주던걸. 듣자 하니 네 주변에 상당히 재미있는 어린애가 하나 있는 것 같던데."

꿈틀.

렉시온의 눈썹이 구겨졌다.

그 작은 반응에 니케포르의 입가에 다시 미소가 번졌다.

"우리 애가 어지간히도 약이 올랐는지, 잠깐 낮잠 자다가 일어나자마자 미주알고주알 일러바치던걸."

"……."

"어떻게든 골탕 먹이고 싶대서 살짝 언질을 좀 줬는데, 어떠려나. 네가 먼저 찾아내 버려서 기습은 실패했지만."

제 입가를 매만진 니케포르가 작게 웃음을 터뜨렸다.

"성격 나쁜 어린애에게는 좀 과한 무덤이 될지도 모르겠지만, 어쩔 수 없지. 그 옆에 있는 다음 대 영웅에게는 그에 걸맞은 죽음을 선사해 줘야 하니까. 그것이 우리 성녀님의 뜻이기도 하고."

조소를 머금은 초록색 눈동자가 가느다랗게 휘어졌다.

그를 가만히 응시하던 렉시온이 한참 만에 다시 운을 뗐다.

"뭘 착각하는지 모르겠다만, 그리 쉽지는 않을걸."

그의 말을 퍼뜩 알아듣지 못했다는 듯 니케포르가 고개

를 갸웃했다.

"음?"

"너무 말랑하게 생각하지 않는 게 좋을 거야, 니케포르. 네가 뭘 바라고 그 황야에 징그러운 것들을 풀어놓으라 귀띔했는지는 대충 짐작하겠는데……."

비웃음을 머금은 렉시온에게서 싸늘한 음성이 흘러나왔다.

"다음 대 영웅도, 그 옆의 미친 애새끼도 영 제정신이 아닌 것 같더라고."

그 성격 나쁜 어린애는 신의 손길을 받은 주제에 신성 모독을 숨 쉬듯 하는 미친놈이었다.

게다가 다음 대 영웅은 정신 나간 그놈을 온전히 감당해 내는 사람이었고.

아직 니케포르는 그들의 실체를 제대로 몰랐다.

"……."

렉시온의 웃음에서 무엇을 읽어 냈는지, 니케포르가 살며시 미간을 구겼다.

그 꼴을 본 렉시온이 피식 웃음을 터뜨렸다.

"칸처럼 순진한 녀석은 없어. 네 음험한 수작질은 통하지 않을 거다. 이건 내 경험에서 우러나온 조언이야."

뒤에서 부리는 수작은 전혀 통하지 않는다.

그것을 몸소 깨달은 게 바로 얼마 전이었다.

"……."

영광스러운 삶 〈99〉

이제 니케포르는 한없이 무표정에 가까운 얼굴로 그를 바라보고 있었다.

어둠에 잠긴 초록색 눈동자에는 그저 스산함만이 감돌 뿐.

방금까지 비치던 환희가 마치 거짓말이었던 것처럼 완벽하게 지워져 있었다.

"그렇다면……."

감정이라고는 하나도 없이 니케포르가 툭 내뱉었다.

"직접 두 눈으로 확인해 보면 될 일이겠군. 지나치게 방해된다면 찢어 죽이면 그만이고."

"미안하지만 그건 안 될 일이야. 그 싸가지 없는 애새끼는 내가 먼저 점찍었거든."

렉시온이 입술을 휘며 비틀린 미소를 지었다.

"걔는 꼭 내 손으로 직접 찢어 죽일 거다. 너 같은 미친 노인네한테 빼앗길 수는 없지."

살벌한 마력이 렉시온의 발아래에서 피어오르기 시작했다.

다음 순간, 렉시온이 커다랗게 포효하며 길게 뻗어 나온 발톱을 사납게 휘둘렀다.

하지만 그것은 니케포르의 찬란한 금빛 마력에 가로막혔다.

쿠우웅!

육중한 울림이 동굴을 무너뜨릴 듯 뒤흔들었다.

* * *

 앞서 나가던 아렌트가 갑자기 걸음을 멈춰 서자, 뒤따르던 리히트와 아서 역시 발걸음을 멈췄다.
"왜 그러지? ……아."
 아렌트 곁으로 다가간 리히트는 왜 갑자기 그가 멈춰 섰는지 알 수 있었다.
 가죽끈 끝에 매달린 비늘이 급속도로 빛을 잃어버리고 있었다.
 곧 잘 깎은 보석 장신구 같던 검은 비늘에서 순식간에 광택이 사라지더니, 심지어는 방향을 가리키던 끝부분이 바스러지기 시작했다.
"아무래도 근처에 있는 것 같은데요."
"그렇군."
 아렌트가 짧게 말하자 리히트가 아서를 향해 눈짓했다.
 선배와 눈이 마주친 아서가 두말없이 검을 뽑았다.
 리히트 역시 검을 뽑고 언제 덮쳐들지 모를 공격에 대비했다.
 선배들이 준비되었다는 것을 확인한 아렌트는 천천히 앞으로 걸어가기 시작했다.
 걸음을 내디딜수록 비늘이 바스러지는 속도가 빨라지

고 있었다.

먼지처럼 부서지는 꼴을 보자니 그게 썩 좋은 징조처럼 여겨지지는 않았다.

'한 번 사용하면 없어진다고 했던가.'

파사삭.

간신히 형태만을 유지하던 비늘이 갑자기 완전히 먼지가 되어 허공에 흩어져 버렸다.

덩그러니 남은 가죽끈이 황야에서 불어오는 건조한 바람에 흔들렸다.

자연스럽게 걸음이 멈췄다.

"……."

정면에서 엄청난 존재감이 느껴졌다.

바람을 타고 온 짐승 특유의 냄새가 무언가 거기에 있다는 것을 일깨워 주었다.

고개를 들어 정면을 확인한 아렌트는 잠시 할 말을 잃어버리고 말았다.

"……."

분명 방금까지 아무것도 없던 자리였다.

언제 나타난 건지, 팔을 뻗으면 바로 손이 닿을 곳에 배를 깔고 앉은 짐승이 조용히 아렌트를 지켜보고 있었다.

검은 털을 가진 짐승은 엎드린 자세로도 아렌트와 눈높이가 비슷할 정도로 거대했다.

두툼한 앞발과 뒷발, 그리고 길게 뻗어 나온 꼬리와 뾰족한 귀는 얼핏 말도 안 되게 큰 개처럼 보이기도 했다.

하지만 그 존재가 그저 덩치 큰 짐승 따위가 아니라는 것쯤은 본능적으로 알 수 있었다.

높이 선 귀 끝은 살짝 썩어 있었고, 아렌트를 향한 눈동자는 마치 시체의 것처럼 탁했다.

들숨과 날숨을 반복할 때마다 거대한 개의 몸에서 오래된 악취가 흘러나왔다.

그리고 무엇보다 놈에게서 느껴지는 불길하기 짝이 없는 마력은, 언젠가 렉시온이 생활관을 뒤집어엎을 때와 비슷한 위압감을 풍기고 있었다.

멍하니 서 있는 것도 잠시, 곧 침착함을 되찾은 아렌트가 덤덤하게 물었다.

"……스텔이냐?"

"……."

검은 개는 눈을 끔뻑이더니 천천히 한숨을 내쉬었다.

검은 마력이 뭉클 피어오르더니 순식간에 거구를 휘감았다.

잠시 그 자리를 연기처럼 떠돌던 마력이 바람에 실려 사라지자, 큰 개와 교대하듯 검정 일색의 청년이 사뿐히 바닥에 내려섰다.

"실례했군. 놈들을 억누르기에는 이 모습이 제격이라."

덤덤히 말하는 스텔은 언젠가 마주했을 때와 크게 다르

지 않은 모습이었다.

코를 찌르던 악취 역시 완전히 사라지고 없었다.

아렌트가 다른 말을 꺼내기도 전, 스텔이 툭 내뱉었다.

"두 채가 있다. 강하다. 주의하도록."

"뭐?"

"이 자리에 남아 돕고 싶다만, 미안하군. 나는 이만 주인님께 가 봐야겠다."

빠르게 말하는 스텔은 어쩐지 초조해 보였다.

아렌트의 얼굴이 딱딱하게 굳었다.

"렉시온 님께 무슨 일이 생긴 건가?"

"아마도."

스텔이 고개를 끄덕였다.

아렌트는 직감했다.

그가 자리를 뜨면 곧장 전투가 시작될 것이라고.

어느새 사방으로 흩어졌던 기사들도 갑작스레 나타난 스텔의 존재감에 이쪽을 주시하고 있었다.

아서와 리히트가 검을 뽑은 것을 본 몇몇은 이미 전투 태세에 돌입해 있기도 했다.

아렌트는 자연히 라이오스를 찾았다.

견습 기사와 눈이 마주친 라이오스가 묵묵히 고개를 끄덕여 주었다.

그를 확인하고 나서야 아렌트는 다시 스텔 쪽으로 돌아섰다.

"가 봐."

"배려 고맙다."

짧은 한마디만 남기고 스텔은 홀연히 자취를 감춰 버렸다.

섬뜩한 정적이 흘렀다.

다음 장면으로 넘어가기 전, 긴장감 어린 침묵이 자리 잡은 무대의 찰나처럼.

급할 것 하나 없는 움직임으로 아렌트가 검을 뽑았다.

"두 채란 말이지."

느긋한 음성은 덤이었다.

스텔이 모습을 감춘 시점부터 정체불명의 마력이 건조한 공기에 달라붙어 떠돌기 시작했다.

전운을 감지한 기사들이 검을 단단히 고쳐 쥐었다.

거의 동시에, 흙먼지로 뒤덮인 지면에 거대한 소환진이 눈부신 광채를 뿜어내며 화려하게 피어났다.

3장. 때로는 단순무식한 게 최고

때로는 단순무식한 게 최고

 수십 개의 소환진이 흐드러지는 꽃처럼 황야를 가득 채웠다.

 얼핏 황홀한 장관처럼 보이기도 했지만, 그것은 재앙의 시작을 알리는 경종이었다.

 "……."

 망루에서 지켜보던 이들은 숨소리도 제대로 낼 수 없었다.

 마법진이 사그라진 자리에 뭐라 형언할 수 없는 괴물들이 비틀비틀 몸을 일으키는 것이 경악한 그들의 눈동자에 가득 담겼다.

 거리가 멀어 분명한 형체를 확인하는 건 힘들었지만, 제대로 된 생물이 아니라는 것만큼은 확실했다.

인간처럼 두 발로 서 있지만 머리통이 없는 놈도 있었고, 네발짐승의 옆구리에 벌레의 다리가 붙은 개체도 있었다.

인간과 사마귀를 합친 것처럼 생긴 놈, 비정상적으로 덩치가 큰 늑대 무리…….

기사들보다 두세 배 많은 머릿수의 기이한 괴물들이 순식간에 평원을 지배했다.

"……저게 구울?"

누군가가 저도 모르게 입술을 달싹였다.

후방에 물러나 있으라는 명령이 떨어지긴 했지만, 위급 상황이 닥치면 언제든지 개입할 의지가 충만했던 이들이었다.

하지만 지금은 왜 기사들이 문을 걸어 잠그라고 했는지 충분히 이해할 수 있었다.

저런 것들을 상대로 침착하게 전투를 치르는 것은 불가능했다.

그때, 그들의 눈에 또 다른 것이 비쳤다.

"저, 저건 또 뭐야?"

가장 거대한 소환진이 나타났던 자리.

그곳에서 무언가가 천천히 고개를 들고 있었다.

아니, 그걸 고개를 든다고 표현해도 될까.

거대한 그림자가 천천히 땅에서 솟아나고 있었다.

머리, 가느다란 목, 어깨, 그리고 이내 완전한 상반신과 기다란 팔까지.

마지막으로 초점 없는 두 눈이 천천히 벌어졌다.

땅거미 진 지면에 드리운 긴 그림자 같은 괴물은, 주변에 있는 기사들을 마치 장난감처럼 보이게 만들었다.

게다가 그 건너편, 제법 거리를 둔 곳에서도 또 다른 존재가 기지개를 켰다.

처음에는 그저 집채만 한 검은 덩어리뿐이었던 놈은 흐린 하늘 아래에서 꿈틀꿈틀 제 형체를 되찾아 가고 있었다.

박쥐 같은 날개가 하늘을 향해 뻗어 나왔다.

긴 목과 날카로운 발톱, 그리고 브레스를 뿜어내는 거대한 입까지.

얼마 지나지 않아 괴물이 완전히 형체를 되찾았다.

그 모습을 본 치안대원이 넋을 놓고 중얼거렸다.

"드래곤?"

마치 어둠을 뚝 떼어 빚어낸 것 같은 드래곤이 평원에 현신했다.

정신을 차리려는 듯, 몇 번 커다란 머리통을 뒤흔든 드래곤의 텅 비어 버린 눈동자에 새빨간 빛이 차올랐다.

드래곤이 굵은 발톱으로 땅을 그러쥐었다.

한껏 이를 악문 주둥이에서 포효가 쏟아졌다.

"키에에에에엑!"

* * *

"환장하겠네."

망연해진 라이더가 툭 내뱉었다.

다른 기사들 역시 그와 크게 다르지 않은 심정이었다.

저것이야말로 진정한 '기적의 병사', 호문쿨루스였다.

비교적 손쉽게 정리해 오던 괴물들을 기적의 병사 잔당이라 칭하던 그들에게 왜 아서와 리히트, 아렌트가 떨떠름한 반응을 보였는지 이제야 이해할 수 있었다.

진짜 기적의 병사는 그런 조악한 것들과는 비교도 할 수 없는 재앙이었다.

드래곤에, 정체불명의 거인이라니.

하지만 감탄할 시간은 그리 길지 않았다.

굳어 있던 구울들이 하나둘씩 정신을 차리고 고개를 들기 시작한 것이다.

"크르륵."

사방에서 악취와 피비린내가 풍겼다.

썩어 가는 살점을 뚝뚝 떨어뜨리는 놈들이 하나둘씩 기사들을 향해 이빨을 드러냈다.

기사들 역시 얼굴을 굳히고 검을 고쳐 쥐었다.

그때, 한 사람이 섬광처럼 드래곤을 향해 쏘아져 나갔다.

드래곤은 자신에게 접근해 오는 기척을 느끼고서 고개를 돌렸다.
초점 없는 핏빛 눈동자에 라이오스의 모습이 한가득 담겼다.
"단장님?!"
놀란 글렌이 비명을 터뜨리기가 무섭게, 한쪽에서는 아서가 고함을 질렀다.
"야, 아렌트! 기다려!"
기사들은 반사적으로 고개를 홱 돌렸다.
아티팩트의 힘을 강하게 끌어올린 아렌트가 거인 호문쿨루스를 향해 거침없이 쇄도하고 있었다.
아서와 리히트 역시 이를 악물고 그의 뒤로 따라붙었다.
호문쿨루스 역시 아렌트를 알아차리고는 거대한 상체를 그쪽으로 돌렸다.
"저, 저……."
경악한 라이더가 아연한 소리를 내려는 찰나, 라이오스가 커다랗게 외쳤다.
"이쪽은 우리에게 맡기고, 주변 먼저 정리해라!"
그 목소리에 기사들이 퍼뜩 정신을 차렸다.
호문쿨루스를 상대로 유의미한 타격을 입힐 수 있는 사람은 라이오스와 아티팩트를 가진 아렌트뿐이었다.
그렇다면 그들이 발목 잡히지 않도록 잔챙이들을 먼저 쓸어버리는 게 우선이었다.

기사들이 저마다 눈앞의 적을 처리하려고 움직이는 것을 확인한 라이오스는 마력을 운용했다.

그의 검에 새파란 검기가 드리웠다.

"키에에에엑!"

드래곤이 커다랗게 울부짖으며 라이오스를 향해 브레스 대신 독기를 내뿜었다.

가뿐히 옆으로 도약해서 회피한 라이오스는 곧장 아티팩트를 발동했다.

빠른 움직임에 제대로 반응하지 못한 드래곤이 다시 라이오스를 포착했을 때, 그는 이미 땅을 박차고 있었다.

"……!"

크게 도약한 라이오스는 목을 노리고 검을 내리쳤다.

하지만 그 공격은 단단한 날개에 의해 가로막히고 말았다.

쿠우웅!

라이오스의 일격과 드래곤의 날개가 정면으로 충돌하며 커다란 충격파가 울려 퍼졌다.

"……쯧."

그 찰나의 순간, 라이오스가 짧게 혀를 찼다.

힘을 실은 공격에도 드래곤의 날개에는 흠집 정도밖에 남지 않았다는 것을 깨달은 것이다.

그러나 좌절할 시간은 없었다.

허공에서 빙글, 몸을 돌려 바닥에 착지한 라이오스는 곧장 날아든 독안개에 다시금 황급히 몸을 굴려야 했다.

드래곤의 입김이 닿은 자리의 풀들이 순식간에 검게 죽어 버리고, 심지어는 땅까지 악취를 풍기며 썩어 들어가기 시작했다.

자칫 잘못 닿기라도 했다가는 중상을 입을 게 분명해 보였다.

'게다가…….'

드래곤을 경계하며 라이오스는 제 뒤에 펼쳐진 전장을 힐끗 보았다.

기사들이 맹렬히 구울들을 도륙하고 있었지만, 상황이 쉽게 굴러가지만은 않았다.

머리통을 부수고 심장을 찌른다.

지금껏 수없이 죽여 왔던 구울들의 공통된 약점이었다.

하지만 이번만큼은 조금 이상했다.

숨이 끊어져 시체가 되었어야 할 놈들이 머리통이 날아가고 심장을 관통당한 채로도 꿈틀대며 몸을 일으켰다.

"빌어먹을, 이것들은 뭐야?"

당황한 기사들이 고함쳤다.

퍼뜩 정신을 차린 글렌이 외쳤다.

"이놈들, 재생력이 보통이 아니다! 아예 움직이지 못하도록 산산조각을 내 버려!"

"제길, 말이 쉽죠!"

"빌어먹을! 말대꾸하지 말고 싸우기나 해!"

어딘가에서 터져 나온 불평에 글렌이 짜증스럽게 쏘아

붙였다.

채앵!

글렌은 입을 쩍 벌리고 달려드는 늑대를 막아 냈다.

본능적으로 깨달을 수 있었다.

약간이라도 틈을 보인다면 돌이킬 수 없는 일이 벌어질 게 분명했다.

"크르륵……."

검에 가로막힌 늑대가 썩은 숨을 뱉어 내며 글렌을 증오스럽게 쏘아보았다.

글렌은 늑대를 쳐 낸 뒤 그대로 목을 서걱, 베어 버렸다.

그러고는 곧장 몸을 돌려 뒤에서 달려드는 곤충을 닮은 구울의 몸통을 토막 냈다.

"켁, 켁! 키에에엑!"

하지만 그래도 놈들은 죽지 않았다.

목이 잘린 늑대가 허공을 향해 네 다리를 허우적대다 결국 몸을 다시 일으켜 세웠다.

바닥에 널브러진 머리통 역시 글렌을 향해 사납게 짖어 대다가, 제 옆에 떨어진 곤충 구울의 잘려 나간 상반신 쪽에 달라붙었다.

엉뚱한 머리를 얻은 곤충 구울이 다시 날개를 부르르 떨며 글렌을 향해 성큼 다가섰다.

"……!"

소름 끼치는 모습이었다.

저도 모르게 한 걸음 뒤로 물러서려던 글렌은 이내 으득, 이를 악물고 다시 적과 마주했다.

그들의 단장이, 그리고 가장 어린 견습 기사와 후배가 가장 무시무시한 괴물과 검을 맞대고 있었다.

그들의 부담을 줄여 주기 위해서는 최대한 빨리 이놈들을 청소한 뒤 합류하는 수밖에 없었다.

다른 기사들 역시 같은 결론에 다다른 듯, 경악이 서렸던 눈동자에 독기가 차오르기 시작했다.

"이 새끼들, 누가 이기나 한번 해 보자."

짓씹듯 사납게 으르렁거린 글렌이 저돌적으로 적을 향해 파고들었다.

메마른 평원에 살점과 혈흔이 낭자한 전투가 벌어졌다.

* * *

라이오스가 드래곤 호문쿨루스를 견제하고 다른 기사들이 어마어마한 수의 구울을 상대한다.

그렇다면 아렌트가 할 일은 딱 하나밖에 없었다.

서리 어린 손길의 힘을 끌어올린 아렌트는 저를 향해 달려드는 구울을 베어 냈다.

순식간에 얼어붙은 구울을 리히트가 처리하는 기척이 느껴졌다.

사방에서 달려드는 놈들에게서는 완전히 신경을 꺼 버렸다.

 아서와 리히트가 어떻게든 해 줄 테니까.

 대신 눈앞의 기분 나쁜 호문쿨루스를 향해 신경을 집중했다.

 '드래곤 레어에 있던 놈이다.'

 정령석을 사용해 진이 만든 첫 번째 호문쿨루스, 기적의 병사 1호.

 분명 그놈이었다.

 머리가 차갑게 식는 것과 동시에 입가에 싸늘한 미소가 걸렸다.

 "네 주인이 설욕이라도 하고 오라던?"

 초점을 알 수 없는 한 쌍의 시선이 아렌트를 향해 내리꽂히고, 황혼에 드리운 그림자를 닮은 괴물이 소리 없이 거대한 상체를 돌렸다.

 아렌트를 표적으로 삼은 것이다.

 어느새 따라붙은 아서가 욕을 퍼부었다.

 "야! 내가 혼자 튀어 나가지 말라고 몇 번을 말해?"

 "시끄럽고, 왼쪽이요."

 "알고 있어, 미친놈아!"

 짜증스레 쏘아붙인 아서가 방향을 틀었다.

 어느새 구울을 정리한 뒤 합류한 리히트가 자연스럽게 오른쪽, 그리고 아렌트가 정면을 차지했다.

"저놈, 약점은 있나?"

리히트의 물음에 아렌트가 담백하게 대답했다.

"저요."

"그렇군."

평소라면 헛소리하지 말라 쏘아붙였겠지만, 리히트는 그냥 덤덤히 고개를 끄덕였다.

마침내 호문쿨루스가 굵은 팔을 아렌트를 향해 휘둘렀다.

아렌트를 제치고 먼저 앞으로 치고 나간 리히트가 그 앞을 가로막았다.

쿠우웅!

검은 그림자가 리히트의 검을 내려쳤다.

육중한 무게가 전신을 짓눌렀다.

"큭……!"

하지만 리히트는 두 다리를 단단히 지탱해 버티고 섰다.

그 틈을 놓치지 않고 아렌트는 강하게 땅을 박차고 도약했다.

리히트에게 가로막힌 팔을 발판 삼아 한 번 더 뛰어오른 아렌트는 곧장 놈의 머리를 향해 쇄도했다.

호문쿨루스가 다른 쪽 팔을 움직여 아렌트를 떨쳐 내려 했지만, 좌측에서 끼어든 아서에게 가로막히고 말았다.

쾅!

아렌트를 향해 날아들던 공격을 쳐 낸 아서가 힘을 이

겨 내지 못하고 지면에 처박혔다.

"커헉!"

짙은 흙먼지가 피어나고, 호문쿨루스는 바닥에 나뒹구는 아서의 숨통을 끊기 위해 팔을 휘둘렀다.

하지만 그보다 아렌트가 더 빨랐다.

허공에서 검로를 비튼 아렌트가 거대한 괴물의 어깨를 크게 베어 낸 것이다.

쩌억.

검이 가른 부분이 새하얗게 얼어붙고, 아서를 향해 날아들던 공격 역시 우뚝 멈췄다.

그 틈을 놓치지 않고 몸을 빼낸 아서는 바닥에 착지한 아렌트의 곁에 합류했다.

"어디 안 부러졌어요?"

"유감스럽게도 아주 멀쩡하다, 이 자식아."

아렌트의 무심한 물음에 아서가 짜증스레 대꾸했다.

두 사람이 안전지대에 도달했다는 것을 확인한 리히트 역시 공격을 옆으로 흘려 버렸다.

갑자기 지지대를 잃어버린 호문쿨루스의 팔 끝이 리히트를 스치고 지면에 콰드득, 소리를 내며 깊숙이 파고들었다.

그 틈을 타 마지막으로 리히트도 완전히 몸을 빼냈다.

태세를 정비하는 선배들을 힐끗 곁눈질한 아렌트가 툭 내뱉었다.

"다시 가죠."

돌아오는 대답은 없었다.

아서와 리히트는 대꾸하는 대신 검을 단단히 고쳐 쥘 뿐이었다.

* * *

"키에에에엑!"

마치 고통에 몸부림치는 것처럼 드래곤이 커다랗게 울부짖었다.

구울이나 호문쿨루스가 통증을 느끼지 못한다는 것을 생각하면 이상한 일이었다.

라이오스는 호흡을 가다듬으며 몸을 일으켰다.

'살아 있는 게 아니군.'

호흡이나 심장 박동 등, 생물이라면 으레 느껴져야 할 기척이 전혀 없었다.

그러나 저 드래곤이 아무런 이지도 없이 피만 갈구하는 구울과 같은 존재는 아니었다.

몇 번 합을 주고받으며 느낄 수 있었다.

이 드래곤 호문쿨루스는 명백한 증오와 살기를 품었다.

그리고 반사 신경에만 의지하는 것이 아니라 합리적인 판단을 바탕으로 라이오스를 상대하고 있었다.

'뚜렷한 자아가 있다.'

정령석이나 상당히 질 좋은 모조품을 사용해 만든 진짜 기적의 병사였다.

뒤에서 수하들과 혈투를 벌이는 구울들도 상대하기 까다로운 존재인 것은 마찬가지인 듯했다.

지금껏 구울들보다도 더욱 추악한 생김새와 말도 안 되는 회복력.

이것들은 지금껏 나타난 놈들의 상위 개체였다.

"……!"

상념에 빠질 시간은 그리 길지 않았다.

"케에에에엑!"

자신을 향해 재차 날아드는 독기를 피해 라이오스가 급히 지면을 박찼다.

방금까지 그가 서 있던 자리에 독 브레스가 닿으며 땅이 시커멓게 썩어 갔다.

힐끗 뒤를 돌아본 라이오스는 쯧 혀를 차고 검기를 일으켰다.

그 위에 아티팩트, '강한 자의 그림자'의 힘까지 덧씌워졌다.

브레스를 거둔 드래곤이 라이오스를 향해 고개를 획 돌렸다.

커다란 주둥이가 그를 찢어 버리려 이빨을 들이밀었다.

하지만 라이오스는 허공에서 몸을 한 바퀴 돌려 그대로

드래곤의 얼굴을 콰직 짓밟았다.

그 반동으로 더욱 높이 도약한 라이오스는 균형을 잃어버리고 휘청대는 드래곤의 목을 향해 검을 강하게 찔러 넣었다.

콰드득!

선명한 검기를 입은 검이 단단한 표피를 꿰뚫었다.

"키에에에엑!"

그 충격에 드래곤이 아가리를 쩍 벌리고 날뛰기 시작했다.

라이오스는 검을 단단히 붙잡고 드래곤에게 매달린 채 품에서 단도 하나를 더 꺼냈다.

높이 치켜든 단도에도 푸른 검기가 새겨졌다.

라이오스는 그대로 단도를 드래곤의 목에 박아 넣었다.

푸욱.

단도가 단단한 피부에 파고들며 드래곤이 더욱 사납게 날뛰기 시작했다.

"케에엑! 끼에에에엑!"

드래곤은 그를 떨쳐 내려 몸부림쳤다.

아래에서 분투하던 라이더가 드래곤에 매달린 그를 발견하고는 놀라 외쳤다.

"단장님!"

"네 앞의 적에 집중해라!"

버럭 외친 라이오스는 단도에 매달려 자신의 검을 쑤욱 뽑았다.

때로는 단순무식한 게 최고 〈123〉

검이 뽑혀 나온 자리에 남은 커다란 상흔에서 은은한 빛이 새어 나왔다.

역시 아티팩트로 입힌 상흔은 쉽사리 회복되지 않는 듯했다.

'이 빛은…….'

언젠가 아렌트 일행이 현장에서 회수해 왔던 모조 정령석이 띠던 불길한 색과는 조금 달랐다.

어쩌면 이 안에 들어 있는 것은 진짜 정령석일지도 몰랐다.

그때, 드래곤이 활짝 펼친 날개가 라이오스를 향해 날아들었다.

그것을 피하려던 라이오스는 그만 단도를 놓치고 말았다.

"……!"

그대로 땅에 떨어진 라이오스는 몸을 한 바퀴 굴려 거리를 벌렸다.

하지만 그것도 충분치 않았는지, 다음 순간 날아든 커다란 발톱이 그의 어깨를 찢어 놓았다.

강한 통증과 함께 피가 터져 나왔다.

푸른색의 제복이 붉게 물들기 시작했지만, 라이오스는 전혀 동요하지 않았다.

콰아앙!

발톱과 교대하듯 날아든 드래곤의 이빨과 라이오스의 검이 정면으로 충돌했다.

어마어마한 충격에도 라이오스는 단단히 버티고 섰다.

'진짜 드래곤과는 비교할 수 없군.'

홀로 상대하기 버거운 것은 마찬가지였지만, 렉시온이 장난처럼 휘둘렀던 공격보다야 훨씬 버틸 만한 상대였다.

어깨에서 쏟아진 피가 발치를 물들였다.

그러나 라이오스는 그쪽에는 시선조차 주지 않고, 코앞에서 거친 숨을 몰아쉬는 드래곤과 눈을 맞췄다.

한 쌍의 붉은 눈동자가 증오를 담아 그를 쏘아보고 있었다.

당장이라도 브레스를 뿜고 싶지만 라이오스의 검에 가로막힌 것이 못내 분한 듯했다.

분노와 격정적인 폭력성 이외에는 아무것도 읽어 낼 수 없는 눈동자를 마주한 라이오스가 차분히 입을 열었다.

"혹시 내 말 알아듣겠나?"

피에 젖은 듯한 눈동자는 그저 거울처럼 라이오스의 모습을 고스란히 담아낼 뿐이었다.

* * *

콰아앙!

온몸에 들이닥친 충격에 모든 기력이 다 빠져나갈 것 같았다.

하지만 리히트는 이를 악물고 버텨 냈다.

받아 낸 공격을 옆으로 흘려 버린 그는 괴물의 기다란 팔을 베었다.

하지만 그 상처는 몇 초 지나지 않아 금세 회복되어 버렸다.

"쯧."

리히트가 검을 고쳐 쥐는 사이 바로 근처에 아렌트가 착지했다.

이런 상황에도 군더더기라고는 하나도 없이 유려한 움직임이었다.

아렌트의 발이 닿은 자리에 새하얀 서리가 앉았다.

입가에 흰 입김이 흘러나오고, 그의 주변에 차가운 공기가 감돌았다.

마력 소모가 상당할 텐데도 아렌트의 황금색 눈동자는 전혀 흔들림 없이 호문쿨루스에게 고정되어 있었다.

감히 흉내도 못 낼, 대단한 집중력이었다.

"마력은?"

"아직 문제없어요."

리히트가 던진 짧은 물음에 담백한 답이 돌아왔다.

호문쿨루스는 여전히 무표정한 얼굴로 아렌트만을 내려다보고 있었다.

리히트나 아서를 상대하면서도 놈의 신경은 오로지 아렌트에게 꽂혀 있었다.

마침 아렌트 역시 이 사실을 깨달은 것 같았다.

"슬슬 전략이라는 걸 세우죠. 이러다간 끝이 안 나겠네. 저런 걸 정면으로 상대할 수 있는 건 단장님 같은 괴물밖에 없다고요."

"동감이다."

리히트가 고개를 끄덕였다.

호문쿨루스에게 매달려 있던 아서 역시 곧 아렌트 옆에 착지했다.

"뭘 하자고?"

"정령석은 머리나 가슴 부위에 있을 거예요. 아까부터 방어가 그쪽으로 치중되어 있어요."

아렌트가 호문쿨루스를 올려다보았다.

지난번 드래곤 레어에서 상대했을 때도, 놈은 머리와 가슴에 예민한 반응을 보였다.

그새 개조를 거쳐 핵의 위치가 달라졌을지도 모른다는 생각을 했지만, 다행히 그건 아닌 모양이었다.

"그런데 어차피 선배들이 공격해 봤자 곧바로 회복해 버리니까 핵을 노리는 건 무의미해요."

"맞는 말이지만 뼈아프군."

"그렇다고 제가 약점만 노골적으로 노린다면, 저놈은 일단 저부터 죽여 놓고 보자고 생각할 거란 말이죠. 그건 절대로 사양이거든요."

리히트가 짧게 투덜거리는 것을 무시하고, 아렌트가 차

분히 말을 이었다.

"그러니까…… 일단 회복하지 못하게 덩치를 줄여 놓은 다음 통째로 얼려 버리는 겁니다. 어때요?"

"……그거 전략 맞나? 단순 무식한 건 정면으로 들이받는 거랑 별로 다르지 않은 것 같은데."

리히트가 질린 목소리로 대꾸하자 아렌트가 검을 잡은 채 어깨를 으쓱했다.

"원래 단순 무식한 게 제일 좋을 때도 있는 법입니다. 그런 부분은 단장님을 좀 본받으시죠."

"……."

온갖 계략과 술수를 벌이는 놈에게서 듣기는 참 웃기는 말이었지만, 딱히 부정할 수는 없었다.

드래곤 호문쿨루스를 상대 중인 라이오스가 어떻게 싸우고 있을지는 안 봐도 뻔했으니까.

여러 말을 덧붙이는 대신, 리히트는 제 검에 달린 마정석을 뽑아 아렌트에게 휙 던져 주었다.

허공에서 그것을 잡아챈 아렌트가 눈썹을 살짝 휘고서 그를 보았다.

하지만 그것도 잠시, 다른 방향에서 또 마정석이 날아왔다.

이번에는 아서였다.

"뭔데요?"

"너 업고 돌아가고 싶지는 않거든."

아서가 퉁명스럽게 대답했다.

아렌트는 마음에 안 든다는 표정을 하면서도 마정석을 주머니에 넣었다.

마침 뾰족한 가시를 양손에 두른 호문쿨루스가 다시 공격을 감행해 왔다.

콰아앙!

방금까지 세 사람이 모여 있던 자리에 철퇴 형태로 변한 주먹이 꽂혔다.

사방으로 흙먼지와 돌이 튀었다.

빠르게 제각각 흩어졌던 그들은 저마다 검을 다잡고 다시 호문쿨루스에게 달려들었다.

딱히 사전에 논의한 것은 아니었지만, 세 사람은 자연스럽게 제 위치를 찾아갔다.

가장 앞으로 치고 나간 아서가 아렌트를 향해 날아드는 공격을 쳐 냈다.

방향을 잃어버리고 엉뚱한 곳으로 날아가는 검은 줄기를 베어 내는 건 리히트의 몫이었다.

그리고 교대하듯 뛰어든 아렌트가 잘려 나간 단면에 검을 박아 넣었다.

쩌억.

팔꿈치 부분에서 절단된 팔이 그대로 새하얗게 얼어붙었다.

잘려 나간 부분이 다시 본체로 돌아가려 꿈틀대기 시작

했지만, 지면에 착지한 아렌트는 그것마저 얼려 버렸다.

도마뱀 꼬리처럼 발버둥 치던 검은 줄기가 뻣뻣하게 굳었다가 곧 파사삭, 소리를 내며 산산조각 났다.

"좋네요."

잔해를 짓밟으며 아렌트가 툭 내뱉었다.

마력 소모가 지나치게 많다는 것만 아니면.

검에 박힌 세 개의 마정석 중 하나가 벌써 빛을 잃어버리고 있었다.

리히트와 아서는 이런 사태를 예상하고 자신의 마정석을 그에게 건네준 것이다.

그들 역시 마정석 없이 놈을 상대하기란 쉬운 일이 아닐 텐데도.

'최대한 빨리 끝내야지.'

오래 끌었다가는 괜히 피차 성가시기만 할 것이다.

작전은 단순했다.

이런 식으로 놈의 체구를 조금씩 깎아 내다가, 마지막 순간 한꺼번에 얼려 동사시키는 것.

재차 공격이 날아들었다.

기사들의 속셈을 알아차린 건지 놈은 노골적으로 아렌트를 노리고 있었다.

그것을 알아차린 아렌트는 공격을 정면으로 받아 내는 것을 택했다.

콰아앙!

아렌트의 검과 괴물이 뻗어 낸 줄기가 충돌했다.

"큭!"

엄청난 충격에 속이 뒤흔들리는 것 같았다.

하지만 타격을 입은 것은 적 역시 마찬가지였다.

아렌트의 검에 닿은 자리가 빠르게 얼어붙고 있었다.

호문쿨루스가 멈칫하는 사이, 옆에서 달려든 아서가 얼어붙은 자리를 베어 냈다.

서걱!

깔끔한 소리와 함께 잘려 나간 면이 또다시 바닥에 떨어졌다.

아렌트가 뒤로 물러서서 호흡을 가다듬는 사이, 둘 사이에 끼어든 리히트가 그것을 짓밟아 산산조각 냈다.

팔 하나를 잃고 몸통에서 뻗어 나간 줄기도 회수할 수 없게 된 괴물은 퍽 당황한 것처럼 보였다.

황급히 아서와 리히트를 번갈아 본 호문쿨루스는, 다시 자신에게 빠르게 접근해 오는 아렌트를 발견하고는 상체를 동그랗게 웅크렸다.

"......!"

이변을 알아차린 세 사람이 급하게 거리를 벌렸다.

다음 순간, 호문쿨루스의 등에서 사방으로 날카로운 가시가 쏟아졌다.

아서와 리히트가 급히 몸을 굴리는 것과 동시에, 두 사람의 머리 바로 위로 아슬아슬하게 공격이 스쳐 지나갔다.

때로는 단순무식한 게 최고 〈131〉

하지만 가장 가까이에 있던 아렌트가 완벽하게 피하기는 어려웠다.

그는 도망치는 대신 검을 휘둘렀다.

챙강!

맑은 소리를 내며 부러진 가시들이 새하얀 얼음에 뒤덮이더니, 곧 산산이 조각나며 허공에 흩어졌다.

미처 베어 내지 못한 가시 몇 개가 팔을 꿰뚫고 뺨을 찢어 놓았지만, 아렌트는 눈 하나 깜빡하지 않았다.

제 몸에 박힌 가시까지 간단히 베어 낸 아렌트는 여유롭게 거리를 벌렸다가 서서히 몸을 일으키려는 괴물을 향해 재차 땅을 박찼다.

아서와 리히트 역시 빠르게 따라붙었다.

"야, 괜찮냐?"

"안 괜찮은 거 알면 쓸데없이 묻지 마시죠?"

"아오, 저 싸가지 진짜!"

괜히 걱정했다가 본전도 찾지 못한 아서가 짜증을 터뜨렸다.

한 번 가시를 뽑아 낸 호문쿨루스는 천천히 상체를 일으켜 세우고 있었다.

아서와 리히트의 엄호를 받으며 아렌트는 땅을 박차고 도약했다.

그의 발이 닿은 자리가 새하얗게 얼어붙었다.

호문쿨루스가 고개를 들어 아렌트의 위치를 확인하려

던 찰나, 흰 서리가 앉은 검이 괴물의 목에 깊숙이 틀어박혔다.

"……!"

호문쿨루스의 초점 없는 눈이 크게 떠졌다.

* * *

불행하게도 드래곤은 라이오스와 대화할 의사가 전혀 없는 듯했다.

잠깐 얼어붙은 듯 있던 드래곤이 노기를 드리우며 라이오스를 강한 힘으로 떨쳐 냈다.

황급히 거리를 벌린 라이오스는 재차 검을 고쳐 쥐고 강한 자의 그림자를 발동했다.

콰득.

반동을 위해 강하게 디딘 발이 지면을 파고들며 깊은 자국을 남겼다.

날뛰는 드래곤을 담아내는 라이오스의 푸른 눈동자가 차갑게 가라앉았다.

"알아듣는군."

드래곤이 그를 노려보며 브레스를 뿜으려던 순간, 라이오스의 신형이 사라졌다.

그가 다시 나타난 곳은 드래곤의 머리 바로 옆 허공이었다.

놀란 드래곤이 몸을 비틀었다.

하지만 라이오스는 드래곤이 반격할 틈을 주지 않았다.

콰드드득!

뼈를 뚫는 소리를 내며 라이오스의 검이 드래곤의 목덜미를 파고들었다.

"키에에에엑!"

드래곤이 다시 미쳐 날뛰기 시작했다.

라이오스는 검에 의지한 채 몸을 단단히 고정한 뒤 아까 놓쳤던 단도를 회수했다.

"지능이 어느 정도인지는 모르겠지만, 일단은 내 말을 이해하는 것으로 알겠다."

그는 무의미할지도 모를 말을 꺼내며 높이 치켜든 단도에 강한 자의 그림자의 힘을 부여했다.

콰드득!

단도 역시 아까 라이오스의 검이 꽂힌 자리 옆에 깊숙이 박혔다.

"지금 나를 공격하는 것은 오롯이 너의 의지인가?"

드래곤은 라이오스를 어떻게든 떨쳐 내기 위해 안간힘을 쓰며 몸부림쳤다.

라이오스는 다리로 드래곤의 목을 감고 몸을 지탱했다.

하지만 그 시도는 실패로 돌아갔다.

난동을 버티지 못한 검과 단도가 쑥 뽑힌 것이다.

라이오스는 쯧 혀를 차며 미끄러져 내리듯 안정적으로

지면에 착지했다.

분노한 드래곤이 라이오스를 향해 크게 입을 벌렸다.

"케에에에엑!"

뒤이어 뿜어져 나온 브레스를 피해서, 라이오스는 한 번 더 몸을 날렸다.

드래곤이 그를 찾으려 두리번거리는 찰나, 그의 검이 놈의 뒷다리를 크게 베었다.

"크에에에엑! 키에에에엑!"

순간 균형을 잃어버린 드래곤이 크게 휘청였다.

라이오스는 거리를 벌리며 차분히 말을 이었다.

"네 의지든 아니든, 적의를 보인다면 나는 너를 벨 수밖에 없다."

드래곤의 굵은 꼬리가 그를 후려치려 거세게 날아들자, 라이오스는 땅을 박차고 뛰어올랐다.

푸욱!

새파란 검기 서린 검이 드래곤의 몸통을 크게 베어 냈다.

그리고 반대 손으로 틀어쥔 단도가 그 위에 다시 한번 상흔을 남겼다.

쩍 벌어진 드래곤의 피부 아래에서 빛이 스며 나오기 시작했다.

바닥에 착지한 라이오스를 향해 드래곤이 독기 가득한 숨결을 내뿜었다.

"케에에에에엑!"

미처 다시 균형을 잡기도 전 날아든 브레스에 라이오스는 급히 몸을 굴렸다.

아슬아슬하게 독에 녹아 버리는 꼴은 피할 수 있었지만, 그 뒤 자신을 향해 휘저은 발톱에 옆구리에 긴 상흔이 생겼다.

"……."

라이오스는 상처를 돌아보는 대신 날뛰는 드래곤을 가만히 응시했다.

꾸욱.

검을 쥔 그의 손에 힘이 들어갔다.

"그 추악한 꼴이 진정 스스로 원했던 모습은 아닐 거라 생각한다만."

우드득.

바닥을 강하게 그러쥔 드래곤이 길게 울부짖으며 라이오스를 향해 달려들었다.

라이오스는 단도를 놓아 버리고 두 손으로 검을 단단히 붙잡았다.

콰아아앙!

다시금 라이오스와 드래곤이 정면으로 충돌했다.

"……!"

강한 충격에 라이오스의 얼굴이 창백해졌다.

이마에는 축축하게 식은땀이 배어나고 있었다.

하지만 라이오스는 여전히 덤덤한 얼굴로 온전히 그 힘

을 감당해 냈다.

"……악신교를 위해 새로 태어난 목숨을 바치고 싶다고. 진정 그리 여긴다면 어쩔 수 없겠지만."

"……."

"네 고향은 그곳이 아닐 텐데."

라이오스의 차분한 말이 이어졌다.

그와 팽팽히 대치하던 드래곤이 거친 숨을 몰아쉬었다.

"크르륵……."

"내 목소리가 들린다면, 이해할 수 있다면 한 번쯤 재고해 보길 바란다."

피에 젖은 새빨간 눈동자가 라이오스를 똑바로 응시했다.

라이오스는 그 시선을 피하지 않으며 또박또박 덧붙였다.

"자아를 가지기 위해서 오랜 시간을 기다렸겠지. 하지만 이런 곳에 쓰이기는 원치 않았을 거다."

자신이 말솜씨가 있는 편이라고 생각하지는 않았다.

라이오스는 맹랑한 견습 기사처럼 쉽게 얼굴을 바꾸거나 거짓말을 늘어놓는 짓 같은 건 못 했다.

그러니 이런 식으로 투박한 진심만을 입 밖으로 꺼낼 수밖에 없었다.

드래곤의 힘을 이겨 내지 못한 라이오스가 뒤로 조금씩 밀려나기 시작했다.

하지만 라이오스는 여전히 안색 하나 변하지 않았다.

"노예 같은 생활에서 해방시켜 주겠다. 내 검과 루체 님께 맹세하지."

"크르륵……."

드래곤의 벌어진 입 사이에서 악취를 풍기는 액체가 흘러나오기 시작했다.

엄청난 힘을 감당해 내는 라이오스의 두 팔 역시 후들거리기 시작했다.

그러나 라이오스는 마치 어린아이에게 말하듯 차분히 말을 이어 갔다.

"죽이겠다는 게 아니다. 널 구할 수 있는 방법을 찾아보겠다. 그러니 잠시 진정하지 않겠나. 내 말을 이해한다면."

남이 봤을 때는 미친 짓이라는 것을 라이오스는 잘 알았다.

누군가에게는 또 호구 같다면서 욕을 들어 먹겠지.

하지만 그럼에도 라이오스는 포기할 수 없었다.

드래곤의 몸에서 점차 힘이 빠지는 게 느껴졌다.

붉은 눈동자에 어린 살의도 조금씩 사그라졌다.

쿵.

이내 육중한 몸이 라이오스에게서 한 걸음 물러섰다.

거칠게 몰아쉬던 숨 역시 한결 가라앉은 상태였다.

라이오스 역시 조심스럽게 한 걸음 뒤로 물러섰다.

두 존재 사이에 기이한 대치가 벌어졌다.

"……."

라이오스는 긴장을 풀지 않은 채 움직임을 멈춘 드래곤을 가만히 응시했다.

드래곤은 한동안 가만히 라이오스를 내려다보기만 했다.

그러나 잠시 후, 드래곤이 재차 커다랗게 울부짖으며 그에게 달려들었다.

"케에에엑!"

라이오스는 반사적으로 몸을 움직였다.

마지막 마력을 짜내 발동한 아티팩트의 힘과 검기가 한꺼번에 몰아치며 검에 깃들었다.

어깨와 옆구리의 상처가 터지며 피가 튀었다.

드래곤의 턱은 라이오스를 아슬아슬하게 스쳐 지나가 허공을 콰득 깨물었다.

라이오스의 얼굴이 일그러졌다.

하지만 그는 망설이지 않았다.

푸른 검기와 '강한 자의 그림자'의 힘이 깃든 검이 자비 없이 움직였다.

서걱!

고스란히 드러난 드래곤의 목이 단칼에 베였다.

* * *

"하아……."

아렌트는 거칠게 숨을 내쉬었다.

심장이 터질 것 같았다.

마력이 한꺼번에 고갈되며 속이 뒤집어질 듯했다.

검에 박힌 마정석 세 개는 이미 힘을 잃어버린 뒤였다.

그것을 자각한 순간, 소름 끼치는 한기가 찾아왔다.

하지만 아직 긴장을 늦출 수는 없었다.

아니나 다를까, 뻣뻣하게 굳었던 호문쿨루스가 갑자기 몸을 뒤틀기 시작한 것이다.

아렌트는 급하게 호문쿨루스에서 떨어져 나왔다.

"……!"

하마터면 균형을 잃어버리고 그대로 땅에 처박힐 뻔했지만, 근처에서 대기하던 리히트가 그를 허공에서 낚아채 안전히 착지시켜 주었다.

미처 숨을 고를 틈도 없었다.

아렌트는 바닥에 주저앉은 채 고개를 들어 호문쿨루스를 확인했다.

뒷목을 깊이 찔린 호문쿨루스는 상체를 제대로 일으켜 세우지도 못한 채 몸을 비틀어 대고 있었다.

새하얀 얼음이 아렌트의 검이 꽂혔던 자리부터 점차 퍼져 나가 호문쿨루스의 상체를 천천히 집어삼키고 있었다.

쩍. 쩌적.

놈이 발버둥 치며 몸을 비틀 때마다 피부에 금이 가는

살벌한 소리가 들렸다.

그러나 놈을 완전히 제압하는 데는 조금 모자랐던 듯했다.

상체의 반절이 얼음으로 뒤덮인 상태에서도 놈은 죽지 않았다.

초점 없는 눈이 다시금 아렌트를 똑바로 노려보았다.

그 끈질긴 모습에 아서가 신음처럼 중얼거렸다.

"아직도 안 된다고?"

"조금 얕았나 보죠."

하지만 아렌트는 약간의 표정 변화도 없이 덤덤히 말하며 몸을 바로 세웠다.

처음 계산대로 약점을 노리는 것만으로는 부족했다.

말도 안 되는 회복력을 지닌 놈을 제압하는 방법은, 저거구 통째로 얼음 지옥에 가둬 버리는 것뿐이었다.

조금씩 살을 깎아 내며 체구를 줄이는 전략이 옳았다는 뜻이었다.

황금색 눈동자에 스산한 독기가 감돌았다.

"이번에야말로 숨통을 끊어 주지."

그가 선 자리를 중심으로 강한 눈보라가 몰아쳤다.

바닥에 뚝뚝 떨어진 피가 얼어붙어 살얼음이 되었다.

몸을 추스르기가 무섭게 아렌트가 지면을 박찼다.

아서와 리히트 역시 뒤를 따랐다.

얼어붙던 호문쿨루스의 눈에 세 사람의 모습이 한가득

담겼다.

 찰나의 순간, 호문쿨루스는 강하게 갈등하는 것처럼 보였다.

 하지만 고민은 길지 않았다.

 호문쿨루스가 다시 몸을 웅크렸다.

 칠흑색의 거구가 점차 인간의 형태를 잃어버리기 시작했다.

 아서가 외쳤다.

 "공격인가?"

 "아니, 도망친다!"

 빠르게 대답한 리히트는 가장 먼저 뛰어올라 얼어붙은 놈의 어깨에 검을 박아 넣었다.

 콰드득!

 손에 걸리는 둔탁한 충격과 함께 검이 깊이 파고들었다.

 피부에 와닿는 냉기에 얼굴을 굳히면서도 리히트는 검을 뒤틀어 놈의 어깨를 크게 베어 버렸다.

 서걱!

 깔끔하게 베여 나간 어깨가 바닥에 떨어졌다.

 본체에서 떨어진 팔이 순식간에 서리에 잡아먹히고, 곧 파사삭, 소리와 함께 은빛 가루가 되어 흩어졌다.

 양팔을 모두 잃은 호문쿨루스는 하늘을 향해 고개를 쳐들었다.

"……!"

마치 절규하는 것 같은 움직임이었다.

그 순간에도 목과 등을 뒤덮은 얼음은 꾸준히 영역을 넓혀 갔다.

몸통에서 불쑥 솟아 나온 검은 줄기가 아렌트와 아서를 향해 마지막 공격을 가했다.

하지만 그것은 아서에 의해 막혀 버렸다.

콰아앙!

육중한 공격을 정면으로 받아 낸 아서의 입에서 피가 터져 나왔다.

"으……!"

하지만 아서는 굳건히 버텨 냈다.

아렌트는 아서가 막아선 검은 줄기를 딛고 순식간에 호문쿨루스의 머리까지 접근했다.

"발악하지 마, 새끼야."

스산한 음성에 호문쿨루스가 멈칫했다.

아렌트는 검을 높이 치켜들었다.

"이 꼴로 살아 봤자 의미 없잖아."

호문쿨루스의 탁한 눈동자가 아렌트를 보았다.

감정을 비쳐 내는 기능 따위는 전혀 없는 눈알이었다.

하지만 아렌트는 어쩐지 놈이 공포에 잠식되어 있다고 느꼈다.

그렇다고 동정할 생각은 전혀 없었다.

무심한 목소리가 이어졌다.

"할 수 있으면 정령석 안에 기어 들어가 있어. 운 좋으면 안 죽을 테니까."

미처 호문쿨루스가 반응할 틈도 없었다.

혹한을 품은 검이 정확히 호문쿨루스의 미간에 파고들었다.

경악에 찬 눈동자가 휘둥그레졌다.

하지만 그것도 잠깐이었다.

그림자를 닮은 괴물은 줄 끊어진 인형처럼 뻣뻣하게 굳어 버리더니, 곧 새카만 전신이 완전히 새하얀 서리에 잠식당했다.

줄곧 아렌트를 바라보던 탁한 눈동자 역시 초점을 잃어버린 채 흰자만을 남기고 사라졌다.

아렌트의 입가에 슬쩍 미소가 드리웠다.

곧이어 기력이 완전히 빠진 몸이 중력에 이끌려 그대로 추락하기 시작했다.

"아렌트!"

호문쿨루스의 어깨 위에서 간신히 몸을 지탱하고 있던 리히트가 급히 그의 손을 덥석 붙잡았다.

하지만 그것도 썩 좋은 선택은 아니었다.

"어, 어?"

불길한 느낌에 리히트가 눈을 크게 뜨자, 아렌트의 입에서 얼빠진 소리가 튀어나왔다.

"아니, 잠깐……!"

기우뚱.

결국 두 사람은 완전히 균형을 잃어버리고 함께 미끄러지고 말았다.

"아오, 진짜!"

밑에서 불안한 눈으로 지켜보던 아서가 검을 내던지고 그 아래에 뛰어들었다.

콰아앙!

거창한 소리와 함께 흙먼지가 가득 피어올랐다.

"뭐, 뭐야?"

갑작스러운 소란에 구울들을 상대하던 기사들이 저도 모르게 고개를 돌렸다.

잠시 후, 어디선가 불어온 바람이 먼지구름을 몰아냈다.

그리고 기사들은 우스꽝스러운 모양으로 겹겹이 쌓인 아서와 리히트, 아렌트를 발견했다.

"끄윽……."

가장 아래에 깔린 아서가 죽는 소리를 냈다.

그를 쿠션 삼아 안전히 착지한 리히트가 어색하게 변명을 내뱉었다.

"그, 미안하군. 당연히 버틸 수 있을 줄 알았다."

얼굴이 새하얗게 질린 아렌트가 리히트 위에서 어처구니없이 중얼거렸다.

"가만히 있으면 중간이라도 가지……."

아서도 둘을 받아 내는 것보다는 한 명을 받아 내는 게 나았을 터였다.

온갖 욕이 치솟아 오르는 것을 꾹꾹 누르며 아서가 신음처럼 중얼거렸다.

"미안한 줄 알면 둘 다 꺼져요……."

무시무시한 괴물을 용감히 퇴치한 기사들치고는 꽤 초라한 모습이었다.

* * *

금방이라도 비를 쏟을 것처럼 잔뜩 찌푸린 하늘이 어느새 어둑해지고 있었다.

전투가 시작된 건 분명 오후쯤이었는데, 정신없이 사투를 벌이다 보니 해 질 녘이 되어 가고 있었다.

리히트 위에 반쯤 드러누운 아렌트가 투덜거렸다.

"별로 미안하진 않은데, 저 지금 손가락 하나도 꼼짝 못 하겠거든요…… 콜록!"

튀어나오는 기침을 굳이 억누르지 않고 뱉어 내자 새빨간 피가 묻어났다.

몇 번 기침을 더 토해 낸 아렌트가 간신히 말을 이었다.

"그러니까…… 후우, 알아서 치우고 일어나세요."

딱히 엄살이 아니었다.

지금 몸을 일으켰다간 당장 쓰러져서 바닥에 코를 박을 자신이 있었다.

"쯧, 그냥 가만히 있어라."

언짢게 혀를 찬 리히트가 아렌트를 옆으로 조심스럽게 밀어내고 편하게 눕혀 주었다.

그사이에 엉금엉금 기어서 두 사람 아래에서 빠져나온 아서가 아렌트 옆에 털썩 주저앉았다.

"……."

한동안 숨을 고르느라 세 사람 다 아무 말도 하지 못했다.

아서는 제 옆에 드러누워서 숨을 헐떡이는 아렌트를 힐끗 보았다.

얼굴이 새하얗게 질린 꼴이 어지간히도 상태가 안 좋아 보였다.

어차피 같은 답이 돌아올 것을 알고 있었지만, 아서는 결국 질문을 던지고 말았다.

"야, 괜찮냐?"

"괜찮겠냐고요."

"……."

이쯤 되면 새삼 짜증 내고 싶지도 않았다.

그의 상태가 썩 괜찮지 않다는 것을 잘 알아서 더 그랬다.

아서는 아무렇게나 던져둔 아렌트의 검을 힐끗 보았다.

검에 박혀 있던 마정석 세 개는 돌덩이가 된 지 오래였다.

검의 상태를 보아하니, 리히트와 아서가 넘겨준 마정석도 완전히 빛을 잃어버렸을 게 분명했다.

'진즉 건네주길 잘했지.'

안 그랬다면 업고 돌아가는 게 문제가 아니게 됐을지도 몰랐다.

고개를 돌리니 황야에서 벌어진 전투도 거의 다 정리되어 가고 있는 게 보였다.

끝도 없이 재생하는 구울들을 상대하던 선배들 역시 썩 성한 꼴은 아니었지만, 그래도 큰 부상을 당한 사람은 없는 듯했다.

그리고 제법 떨어진 곳에서 라이오스가 이쪽을 향해 급히 다가오는 것이 보였다.

"다들 무사한가?"

세 사람을 향해 외치는 그에게 리히트가 고개를 끄덕여 주었다.

큰 소리를 내서 대답하기에는 힘이 모자랐던 탓이었다.

라이오스 역시 멀쩡한 모습은 아니었다.

어깨가 너덜너덜하게 찢어지고 옆구리에도 출혈이 있었지만, 자신의 상처보다는 다른 호문쿨루스를 상대한 부하들이 걱정되는 듯했다.

라이오스의 뒤로 황야 위에 쓰러진 드래곤 호문쿨루스가 눈에 들어왔다.

"단장님도 대단하시다니까."

아서가 감탄사를 터뜨렸다.

셋이서도 쩔쩔매는 괴물을 홀로 너끈히 상대하다니.

부상이 작지는 않았지만, 저 정도 상처만으로 혼자 괴물을 막아 냈다는 건 정말 말도 안 되는 일이었다.

"누가 괴물인지 모르겠다니까요……."

툴툴거리며 머리를 꾹 짚은 아렌트가 억지로 상체를 일으켜 세웠다.

하지만 그 시도는 실패로 돌아갔다.

리히트가 반쯤 일어난 아렌트의 이마를 손가락으로 꾹 눌러 도로 눕혀 버린 것이다.

"아."

"입 다물고 쉬기나 해라. 그냥 자도 된다. 알아서 옮겨 줄 테니까."

퉁바리를 놓은 리히트가 다시 동료들 쪽을 향해 시선을 돌렸다.

방금 막 라이더가 마지막으로 살아남은 구울을 양단하는 게 보였다.

반토막 난 구울이 꿈틀대며 다시 몸을 일으키려 했지만, 곁에서 대기하던 다른 기사들이 득달같이 달려들었다.

완전히 산산조각 난 구울이 이내 축 늘어지는 것을 확인한 글렌이 라이오스를 향해 외쳤다.

"이쪽도 끝났습니다! 부상자 다수, 행동 불능자나 사망자는 없습니다!"

글렌의 뺨이며 검, 제복이 구울의 피로 덕지덕지 뒤덮여 있었다.

게다가 구울에게 입은 온갖 부상 탓에 온몸이 엉망이었다.

다른 이들 역시 마찬가지였다.

사투가 쉽지 않았다는 증거였다.

지켜보던 리히트의 얼굴이 설핏 굳었다.

'단장님과 아렌트가 있었기에 아무도 죽지 않았다.'

만약 두 사람 중 한 명이라도 부재중이었다면, 한두 사람의 목숨을 바치는 것 정도로 끝나지는 않았을 게 분명했다.

호문쿨루스를 견제하며 끝도 없이 재생하는 구울을 처리하기란 불가능한 일에 가까우니까.

라이오스와 아렌트는 그 사실을 너무나도 잘 알았다.

그러니 앞으로 얼마나 처참한 전장이 펼쳐지든 이 두 사람은 아무렇지도 않은 얼굴로 앞장설 게 분명했다.

'훈련을 더 해야겠군.'

앞으로 라이오스가 강대한 적에 홀로 맞서 싸우지 않아도 되고, 아렌트가 제힘 이상으로 무리하는 일이 없도록.

리히트가 남몰래 주먹을 꽉 쥐었다.

* * *

철수하기 전, 라이오스는 움직일 수 있는 인원들을 데

리고 호문쿨루스의 잔해를 분해해 정령석을 회수했다.

회수한 정령석은 거의 빛을 잃은 상태였지만 그래도 미미한 힘은 남은 상태였다.

거인 호문쿨루스의 몸에서 뽑아낸 정령석을 라이오스에게 건네주며 리히트가 말했다.

"완전히 비활성화 된 것은 아닌 것 같습니다. 드래곤 쪽에서 회수한 정령석 역시 마찬가지입니다."

"고생했다."

라이오스의 대답에 잠시 망설이던 리히트가 다시 운을 뗐다.

"……핵이 아직 남아 있는데, 호문쿨루스로 부활할 가능성이 있지 않겠습니까?"

"그건 아닐 거다."

라이오스의 대답에 리히트가 의아하게 물었다.

"짚이는 구석이 있으십니까?"

"조금은."

부하에게 답을 내주며 라이오스는 온갖 오물이 묻어 지저분해진 정령석을 소매로 닦아 냈다.

조금이나마 깨끗해진 표면에서 정령석 특유의 은은한 빛이 새어 나왔다.

잠깐 침묵하던 리히트가 재차 물었다.

"까닭을 여쭈어도 되겠습니까?"

"확신할 수는 없지만……."

말을 고르듯 뜸을 들이던 라이오스가 천천히 덧붙였다.

 "완전히 파괴되기 직전, 정령석의 자아가 저항을 포기하고 숨어 버린 것 같다. 그 결과 호문쿨루스의 신체가 죽는 와중에도 그 핵인 정령석은 비교적 온전히 남을 수 있었던 거겠지."

 마지막 순간, 드래곤 호문쿨루스는 일부러 공격을 빗맞히고 제 목을 내주었다.

 억압당하고 있던 탓에 공격을 완전히 멈출 수는 없었지만, 자신이 할 수 있는 한 최선을 다해 진에게 저항한 것이다.

 거인 호문쿨루스 쪽의 정령석 역시 온전한 것을 보아하니, 아무래도 아렌트 역시 치명타를 입히기 전 비슷한 제안을 한 듯했다.

 라이오스의 시선이 자연스레 아렌트가 쉬는 곳으로 옮겨졌다.

 완전히 기력을 소진해 버린 견습 기사는 나무에 기대앉아 있었다.

 이따금 기침을 뱉을 때마다 피가 섞여 나오는 것이, 상태가 영 나빠 보였다.

 그에게서 눈을 떼지 않으며 라이오스가 리히트에게 물었다.

 "백작님께는 연락드렸나?"

"예, 부상자들을 옮길 수 있는 마차를 보내 주신다고 말씀하셨습니다. 치료사 역시 함께 온다고 합니다."

"다행이군."

원래는 성문 근처의 여관에서 기사단 전체가 투숙할 계획이었다.

하지만 생각보다 부상자가 많이 나온 탓에 계획을 수정할 수밖에 없었다.

부상이 심한 사람들은 일단 백작의 성에서 제대로 치료를 받고, 몸 상태가 괜찮은 절반만 남아 수습에 전념하기로 한 것이다.

"일단 전부 불러 모으도록. 부상이 덜한 최소한의 인원만 남기고 백작님의 성으로 간다."

"예, 알겠습니다."

단정히 대답하는 리히트의 시선 역시 아렌트에게 닿아 있었다.

뒷수습을 얼추 끝낸 기사들이 슬금슬금 견습 기사의 곁에 모여들고 있었다.

어지간히 신경이 쓰였는지 정령석을 회수하면서도 틈이 생길 때마다 아렌트 근처를 얼쩡대던 그들이었다.

"봐줄 만하네. 그러게 견습 주제에 누가 그렇게 나대랬냐?"

"선배가 좀 더 유능했어야죠. 잔챙이 처리하는 거 기다리다가 목 빠져 죽을 뻔했네."

괜히 시비를 거는 글렌에게 아렌트가 밉살맞게 대답했다.

발끈한 글렌이 신경질을 쏟아 냈지만, 아렌트는 늘 그랬듯 들은 척 만 척할 뿐이었다.

그 꼴을 지켜보던 리히트가 한심하다는 듯 말했다.

"걱정되면 걱정된다고 솔직하게 말하면 될 것을 말입니다."

"말해 봤자 좋은 소리 못 들을 걸 아니까."

무표정한 얼굴에 옅은 웃음을 드리우며 라이오스가 답했다.

저걸 사이가 좋다고 말해도 되는 건지는 모르겠다.

하지만 라이오스는 그런대로 만족스러웠다.

선후배 간의 엄격한 위계질서 따위는 눈 씻고 찾아볼 수 없지만, 적어도 티격태격하는 말들 사이에 섞인 걱정과 염려만큼은 진심이었으니까.

"고생했다, 리히트. 너도 가서 쉬도록. 멀쩡한 척 돌아다니는데, 아까부터 다리 절고 있는 거 다 안다. 최소 골절이겠군."

"죄송한 말씀이지만, 단장님께 듣고 싶지는 않습니다. 단장님 어깨는 아직도 지혈이 안 된 것 같습니다만."

리히트가 질렸다는 듯 대꾸하자 라이오스가 슬그머니 시선을 피하며 시치미 뗐다.

저 멀리 백작이 보낸 마차 몇 대가 먼지구름을 일으키며 달려오고 있었다.

* * *

 백작은 성의 가장 넓은 홀을 치료실로 사용할 수 있도록 내주었다.

 그뿐만이 아니라 백작은 모두가 치료받을 때까지 밤이 늦도록 잠자리에 들지 않고 기다리고 있었다.

 기사들의 치료가 끝난 뒤, 라이오스에게 나이 지긋한 하인이 조심스럽게 다가왔다.

 "영주님께서 잠시 단장님을 뵙길 청하십니다. 피로하시다면 내일도 상관없다 하셨으니 부담 가지지 않으셔도 괜찮습니다."

 "아니다. 지금 가지."

 라이오스는 두말하지 않고 몸을 일으켜 하인을 따라나섰다.

 하인은 에크하르트 가문의 성 가장 깊은 곳에 있는 영주의 집무실까지 라이오스를 안내해 주었다.

 희미한 불빛이 새어 나오는 집무실 앞에 선 하인은 곧장 문을 두드리는 대신 잠깐 망설였다.

 라이오스가 조금 의아해질 때쯤, 하인이 작게 입을 열었다.

 "그, 외람된 질문이지만…… 도련님은 기사단에서 잘 지내십니까?"

"……."

라이오스가 눈을 조금 크게 떴다.

지금껏 한 번도 듣지 못한 질문에 라이오스는 당장 답을 내어놓지 못했다.

그 짧은 침묵을 뭐라고 받아들인 건지 하인이 주름진 입가를 휘며 머쓱하게 미소 지었다.

"송구합니다, 제가 주제도 모르고. 그냥 오랜만에 도련님의 방을 청소하다 보니 옛날 생각이 나서 말입니다. 나이 든 놈이 주책 부린다고 생각하시고 용서해 주십시오."

하인은 부끄러움과 민망함을 숨기려는 듯 노크를 하기 위해 손을 들었다.

그때, 라이오스의 목소리가 불쑥 들려왔다.

"잘 지내는지 아닌지는 나도 잘 모르겠군. 워낙 속 모를 녀석이라."

멈칫한 하인이 얼떨떨한 눈으로 뒤를 돌아보았다.

그와 눈을 마주친 라이오스가 차분하게 대답해 주었다.

"하지만 썩 나빠 보이지는 않아. 아까도 치료받다 잠들기 직전까지 제 선배들이랑 쓸데없이 말싸움을 벌이고 있더군."

그 말을 이해하지 못한 하인은 몇 차례 눈을 깜빡였다.

그러나 잠시 후, 주름진 입가에 흐린 미소가 피어났다.

"……그렇군요. 감사합니다."

하인이 오래 묵은 걱정을 모두 털어 낸 듯, 한결 가벼워진 음성으로 답했다.
 다시 표정을 가다듬은 하인이 집무실의 문을 정갈히 두드렸다.
 똑똑똑.
 조용한 복도에 규칙적인 노크 소리가 새겨졌다.
 "백작님, 라이오스 드 윈프리드 단장님을 모시고 왔습니다."

4장. 후회할 때는 이미 늦었다

후회할 때는 이미 늦었다

 늦은 시간임에도 에크하르트 백작은 여전히 단정했다.
 딱딱한 낯에서도 피로감 따위는 전혀 보이지 않는 그의 모습이 어쩐지 아렌트와 겹쳐 보여 라이오스는 조금 묘한 기분이 되었다.
 아렌트는 매사에 몸가짐이 단정하고 우아했다.
 그야말로 잘 교육받은 귀족가 도련님의 표본처럼.
 풀어질 때조차도 결코 선을 넘지 않았고, 전투 시에도 마찬가지였다.
 검을 뽑는 자세부터 적에게 파고드는 저돌적인 순간에도 그의 움직임에는 군더더기가 전혀 없었다.
 "피로하실 텐데 일부러 시간을 내주셔서 감사합니다. 게다가 단장님께서도 큰 부상을 입으셨다 들었습니다만."

지극히 건조한 인사를 꺼내는 에크하르트 백작 역시 그랬다.

백작의 시선은 움직이지 못하도록 단단히 고정된 라이오스의 어깨에 닿아 있었다.

그의 눈길을 담담히 받아 내며 라이오스 역시 무심하게 대답했다.

"아닙니다. 상황이 궁금하실 테니 찾아뵙는 것은 당연합니다. 부상 역시 움직이지 못할 정도는 아니니까요."

"너무 오랜 시간을 빼앗지는 않겠습니다."

지극히 정중한 말이었다.

평소라면 당연하게 받아들였겠지만 어째선지 라이오스는 백작의 어조가 썩 마음에 들지 않았다.

"저는 괜찮습니다만, 부하들의 부상이 어느 정도 회복될 때까지는 이곳에 머물러야 할 듯합니다. 다른 지역으로 파견된 1, 2기사단과도 아직 상황을 공유하지 못했으니 한동안 백작가에 신세를 질 듯한데, 괜찮으시겠습니까?"

잠깐 눈썹을 움찔하긴 했지만, 백작은 큰 표정 변화 없이 답을 내주었다.

"물론 문제없습니다. 필요하신 만큼 머무십시오. 누추한 곳에 모시게 되어 죄송할 따름입니다."

"……"

형식적인 감사 인사를 꺼내야 할 때였지만, 라이오스는 쉽게 입을 열지 못했다.

라이오스가 무슨 말을 하고 싶은지 대충 눈치챈 에크하르트 백작이 천천히 한숨을 내쉬었다.

"다소 유감스러운 일이 있긴 했지만, 공무에 사적인 사정을 개입하고 싶지는 않습니다."

라이오스의 푸른 눈동자가 서늘하게 가라앉았다.

"그런 뜻이시라면, 알겠습니다. 제가 참견할 부분은 아니었군요."

"……죄송하지만 어느 부분이 단장님을 언짢게 한 것인지 잘 모르겠습니다."

"진심이십니까?"

한 치의 망설임도 없이 돌아온 대답에 에크하르트 백작이 멈칫했다.

유달리 깊고 새파란 눈동자가 백작을 고스란히 담아냈다.

"한 치의 거짓도 없는 진심이시라면, 저 역시 굳이 첨언하지 않겠습니다."

굳이 말할 가치조차 없다.

차가운 한마디가 에크하르트 백작에게는 그렇게 들렸다.

백작은 쉽사리 긍정도, 부정도 하지 않은 채 한동안 침묵했다.

더 기다릴 필요도 없이 라이오스가 먼저 화제를 돌려 버렸다.

"머무는 동안 드는 경비는 황궁에서 부담할 것입니다. 사체 수습은 치안대와 백작님의 기사들에게 맡겼습니다. 당장 나타난 적들은 완벽히 정리했지만, 혹여 잔당이 나타날 수도 있으니 당분간은 통행을 제한하심이 좋겠습니다."

잠시 머뭇거리던 백작이 천천히 고개를 끄덕였다.

"말씀대로 하겠습니다."

라이오스가 딱딱하게 말을 이었다.

"부상이 덜한 인원을 현장에 머물게 했으니 크게 걱정은 하지 않으셔도 됩니다. 다만 악신교에서 재차 공격해 올 가능성이 있습니다. 앞으로도 이상 현상이 발생하지 않는지 주시를 부탁드립니다."

백작은 아무런 대꾸 없이 그저 라이오스의 무미건조한 목소리를 가만히 듣기만 했다.

"아렌트는 현재 악신교와의 분쟁 최전선에 있습니다. 그러니 이번 공격 역시 아렌트를 향한 보복이 아닐까 추측 중입니다. 앞으로도 재발하지 않을 거란 보장은 없으니, 긴장을 늦추시지 않는 편이 나을 듯합니다."

한참 만에 에크하르트 백작이 천천히 고개를 끄덕였다.

"……충고 감사합니다."

여전히 무표정한 낯에 알아보기 힘든 금이 가 있었다.

"백작가에 끼친 민폐는 제가 사죄드리겠습니다. 책임

지고 수습한 뒤 앞으로도 피해가 없도록 최선을 다하겠습니다."

얼핏 황실 기사단장으로서 당연한 말을 하는 것 같았지만, 확실하게 선을 긋는 한마디였다.

백작과 아렌트는 아무런 상관이 없는 사람이니, 백작가에 미치는 영향에 대해 아렌트가 사죄하거나 마음 쓸 일은 없다.

그리고 지금부터는 라이오스가 에크하르트 백작가 대신, 단장으로서 아렌트의 대리인을 자처하겠다는 뜻이었다.

딱히 새삼스러울 일은 아니었다.

먼저 연을 끊자 말한 것은 에크하르트 백작이었고, 그와 아렌트는 황태자와 온갖 귀족들이 지켜보는 가운데에 절연을 선언했다.

게다가 최근에는 칸 연합을 두고서 남보다도 못한 공방을 벌이기도 했으니까.

단정히 테이블 위에서 깍지를 끼고 있던 백작의 손에 힘이 들어갔다.

한참만에 백작이 입을 열었다.

"한 가지만 여쭤봐도 됩니까?"

"말씀하십시오."

"황태자 전하께도 신임받는다 들었습니다. 심지어는 황제 폐하께서도 연회 자리에서 관심을 보이셨다는 소문 역시 들려오더군요."

 주어는 없었지만 백작이 누굴 지칭하는지는 충분히 알 수 있었다.

 "단장님께서도 필요 이상으로 마음을 쓰시는 것처럼 느껴집니다. 장남 역시 제게서 등을 돌렸습니다."

 라이오스가 조용히 경청하는 가운데, 백작이 천천히 말을 이었다.

 "제가 뭔가를 놓치고 있는 겁니까?"

 어느새 백작은 내리깔았던 시선을 들어 라이오스를 응시하고 있었다.

 라이오스는 그를 곧게 마주 보며 짧게 내뱉었다.

 "제 아버지는 저를 감싼 채 숨을 거두셨습니다."

 예상치 못한 말이 돌아오자 백작이 눈을 조금 크게 떴다.

 기사단장에게서 착 가라앉은 음성이 흘러나왔다.

 "홀로 도망치셨더라면 분명 목숨을 부지하셨을 텐데, 저를 지키기 위해 침입자의 손에 그리 돌아가셨습니다."

 라이오스 드 윈프리드의 일화를 모르는 사람은 이 제국에 몇 없었다.

 에크하르트 백작 역시 마찬가지였다.

 부유하고 평화롭던 윈프리드 가문의 외동아들.

 살뜰히 가족을 보살피며 영지를 꾸려 가던 윈프리드 후작가는 돈에 눈이 먼 도적 떼의 손에 한순간에 명을 달리했다.

성은 불타올랐고, 하인들은 모두 도망쳤다.

후작 부인은 사용인들을 먼저 대피시키려다 도적에게 살해당했고, 윈프리드 후작은 어린 아들을 껴안은 채 등에 칼이 꽂혀 죽었다.

라이오스 드 윈프리드는 그 사건의 유일한 생존자였다.

"최근 칸 연합 일로 며칠 밤낮을 새던 아렌트를 보며 그때 일이 떠올랐습니다. 물론 백작님께 같은 희생을 요구하는 것은 아닙니다만……."

잠깐 말끝을 흐린 라이오스가 냉정히 덧붙였다.

"뭔가 놓치는 게 있다고 여기셨다면, 크게 상관없는 이야기도 아닐 겁니다. 단지 아렌트의 재능이 아까우신 거라면 제가 이리 길게 늘어놓은 말도 소용없게 되겠지만."

"……."

"백작님께서는 제가 이곳에 들어오자마자 아렌트의 용태를 물으셨어야 합니다. 만약 그리하셨다면 제가 이리 불쾌함을 느끼지도 않았을 겁니다."

에크하르트 백작은 대답하지 않았다.

침묵이 길게 이어지자 라이오스는 짧게 한숨을 내쉬고 먼저 자리에서 몸을 일으켰다.

"당분간 신세 지겠습니다. 잘 부탁드립니다."

단장은 굳이 대답을 기다리지 않았다.

그대로 자리를 벗어나 집무실 밖으로 나가는 그를, 에

크하르트 백작은 차마 붙잡지 못했다.

탁.

문이 닫히고 집무실이 지독한 정적에 잠겼다.

한동안 못 박힌 듯 자리에 앉아 있던 백작이 깊은 한숨을 토해 냈다.

"후우우……."

머리를 감싸는 손이 창백하게 질려 있었다.

* * *

아주 오랜만에 아버지가 집으로 돌아온 날이었다.

모처럼 컵라면 대신 제대로 된 쌀밥을 해 먹고 일찌감치 잠자리에 들었다가 눈을 뜬 아침.

어째서인지 집이 텅 비어 있었다.

정적에 갇힌 작은 집에서 냄새나는 이불을 반쯤 덮은 채, 소년은 눈만 한참을 깜빡였다.

천장에는 곰팡이가 피어 있었고 오랫동안 제대로 청소를 못 한 집 전체에서는 퀴퀴한 냄새가 감돌았다.

그마저도 이제는 익숙해져서 악취가 느껴지지 않을 지경이었다.

하지만 그날따라 집 안에 감도는 냉기가 유난히도 섬뜩했다.

"……추워."

몸을 부르르 떨며 반사적으로 이불을 끌어모았다.

그러면서도 가만히 귀를 기울여 보았지만 기척은 전혀 느껴지지 않았다.

낡아 빠진 냉장고가 윙윙거리며 돌아가는 소리가 이상하리만치 불길했다.

어쩐지 속이 울렁거렸다.

그래서 그는 평소라면 하지 않았을 행동을 해 보았다.

"아버지?"

겨우 손바닥만 한 집 안에서 보이지 않는 상대를 소리 내어 부른 것이다.

역시나 돌아오는 대답은 없었다.

무섭지는 않았다.

혼자 있는 것은 익숙했으니까.

모친이 집을 나간 지도 꽤 오래였고, 아버지는 집에 잘 들어오지도 않았다.

짧으면 이 주, 길면 세 달에 한 번씩 나타나 돈 몇 푼을 쥐여 주고 딱 하룻밤을 머문 뒤, 다시 훌쩍 어디론가 떠나 버리던 그였다.

그러니 이번에도 마찬가지일 거라고 생각했다.

하지만 곧 소년은 방이 평소와 조금 다르다는 것을 깨달았다.

옷걸이에 걸려 있던 아버지의 옷이 모조리 사라졌다.

그리고 보니 지난번에 왔을 때 TV며 시계 등, 돈이 되는 것들을 하나둘씩 집 밖으로 내보내던 아버지가 떠올랐다.

TV를 나르는 아버지를 의아하게 보는 아들에게 남자가 어설프게 말했다.

"너무 오래되어서."

거짓말이라는 걸 본능적으로 깨달았다.

아버지는 표정 관리가 어설펐고, 그는 어릴 때부터 유달리 눈치가 빨랐으니까.

하지만 굳이 토를 달지는 않았다.

자신이 끼어들어 봤자 아무것도 해결되지 않는다는 것을 잘 아는 탓이었다.

그리고 다시 오늘.

웅웅대며 돌아가는 냉장고가 존재감을 드러내고, 텅 빈 옷걸이가 유난히도 이질적이었다.

어제, 오랜만에 돌아왔던 아버지는 큰 가방을 가지고 있었다.

아마 그 가방에 몇 벌 되지도 않는 옷을 쑤셔 넣고 나갔겠지.

혹여 아들이 깨기라도 할까 봐 도둑처럼 조심조심 움직였을 모습이 눈에 선했다.

"……."

좁은 방을 둘러보다 곧 또 다른 이변을 알아차렸다.

두 명이 간신히 고개를 맞대고 밥을 먹을 수 있는 작은 소반 위에 흰 봉투가 놓여 있었다.

그 안에는 제법 많은 돈이 들어 있었다.

잠깐 고민하다가 느릿느릿 돈을 세기 시작했다.

왜 그랬는지는 알 수 없었다.

어쩌면 돈을 모두 셀 때쯤에는 누군가가 문을 벌컥 열고 돌아올 거라고 기대했던 걸지도 모르겠다.

그 순간에도 지독한 추위가 느껴졌다.

난방 장치가 고장 났나.

애초에 지금이 겨울이었던가?

어렴풋이 의문이 들었지만 곧 떨쳐 내 버렸다.

그런 사소한 것보다 더 중요한 문제에 직면해 있었으니까.

몸이 벌벌 떨리는 걸 느끼면서도 차분히 돈을 헤아렸다.

봉투 안에는 딱 세 달 치 월세가 들어 있었다.

그 액수를 확인한 순간 그는, 10대 중반에 들어서던 이수현은 알아차리고야 말았다.

제 아버지가 영원히 돌아오지 않을 거란 사실을.

좁아터진 집의 문이 열릴 일은 두 번 다시 없을 터였다.

"하……."

툭.

봉투를 쥐고 있던 손이 힘없이 바닥에 떨어졌다.
그다지 슬프거나 화가 나지는 않았다.
하지만 단지 조금 허망할 뿐이었다.
"개같은 인생."
욕을 짓씹는 입에서 새하얀 입김이 나오는 것 같았다.
몸을 덜덜 떨리게 만드는 추위는 가실 줄을 몰랐다.

* * *

탁. 타닥.
장작이 타는 이질적인 소리에 어렴풋이 잠에서 깼다.
TV를 켜 두고 잤던가.
멍하니 그런 생각을 하던 찰나, 누군가가 가까이 다가오는 기척이 느껴졌다.
상대가 누구인지 확인하고 싶었지만 쉽게 눈이 떠지지 않았다.
졸음기를 떨쳐 내려 몇 번 노력도 해 봤지만, 이내 만사가 귀찮아졌다.
온몸이 두들겨 맞은 것처럼 아팠다.
뼛속까지 파고드는 한기도 불쾌했다.
이불을 끌어모으고 몸을 더욱 웅크리자니 불쑥 다가온 손이 이마를 꾹 짚었다.
서늘한 손은 한참을 머무르며 뜨거운 이마를 미지근하

게 식혀 놓고 나서야 떨어져 나갔다.

머리맡에서 근심스러운 목소리가 들렸다.

"열이 떨어질 기미가 없군."

"난로에 장작을 조금 더 넣으라고 할까요?"

뒤이어 또 다른 남자가 그렇게 물었다.

그러자 좀 더 가벼운 어조의 청년이 대꾸했다.

"그래도 아까보다는 좀 나은 것 같긴 한데요. 춥다고 끙끙 앓아 댔다니까요."

"너무 걱정 마라. 원래 마력으로 입은 내상은 이런 식으로 회복되는 거다."

가장 가까이에서 들린 음성이 무뚝뚝한 위로를 꺼냈다.

그러자 퉁한 대꾸가 돌아왔다.

"걱정 같은 거 안 했습니다."

"그런 것치곤 어젯밤부터 계속 여기에 있었잖나. 치료사한테 한 번 쫓겨났다고 하지 않았던가?"

놀리듯 돌아온 말에 청년이 삐죽하게 대답했다.

"그렇게 말씀하시는 선배님도 계속 들락거리셨잖아요."

그제야 간신히 눈이 떠졌다.

흐린 시선에 들어오는 것은 곰팡이 핀 단칸방이 아니었다.

당장이라도 셰익스피어 극이 상연될 것 같은 화려한 방에, 무대 의상 차림의 세 남자가 어렴풋이 보였다.

화려한 장식이 붙은 제복을 입고 있었지만 이상하게도

세 사람 다 이곳저곳에 붕대를 감고 있었다.

선뜻 상황 파악이 안 되어 멀뚱히 눈만 깜빡이고 있는데, 셋 중 가장 어린 청년과 눈이 마주쳤다.

개구쟁이 같은 인상의 청년이 눈을 동그랗게 떴다.

"어, 깼어?"

다른 두 남자도 자연스레 뒤를 돌아보았다.

그가 깨어났다는 걸 지금껏 미처 알아차리지 못한 것 같았다.

눈동자만을 굴려 세 사람을 한 번씩 보았다.

딱히 의식하고서 한 움직임은 아니었다.

열에 들뜬 탓에 뭐가 어떻게 된 건지 여전히 알 수 없었다.

하지만 걱정이 뚝뚝 묻어나는 면상들이 딱히 마음에 들지 않는다는 것 하나만큼은 확실했다.

"……."

잠깐 고민하다가 지금 할 수 있는 최대한 짜증스러운 표정을 지었다.

부드러운 이불을 끌어당겨 몸을 더욱 꽁꽁 감싸고, 바싹 마른 입을 움직여 신경질을 듬뿍 담아 구시렁댔다.

"시끄럽게 진짜…… 쫑알거릴 거면 셋 다 나가요……."

잔뜩 멘 목소리였지만 의미를 전달하기에는 충분했다.

한순간 벙찐 낯을 하던 세 사람이 이내 헛웃음을 터뜨렸다.

"진짜 성질머리 하곤."

아서의 웃음기 섞인 불평이 꽤 만족스러웠다.

라이오스와 리히트도 눈썹을 휘는 것이, 어처구니없어 하면서도 한결 안도한 표정이었다.

그제야 아렌트도 몸에 힘을 뺐다.

일부러 찌푸린 미간이 풀리며 다시 눈이 스륵 감겼다.

시야가 차단되고 주변도 조용해졌다.

탁, 타닥.

세 사람의 대화에 묻혀 있던 장작 타는 소리가 다시금 들려왔다.

잠깐 기다렸지만 누군가 방 밖으로 나가는 기척은 느껴지지 않았다.

'……기분 더러운 꿈을 꾼 것 같긴 했는데.'

그래도 지금부터는 편하게 잘 수 있을 것 같았다.

* * *

"이러니 꿈자리가 사납지."

이틀 뒤.

제가 있던 곳이 '아렌트'의 방이었다는 것을 알아차린 그가 처음으로 한 말이었다.

지나치게 넓은 방은 온갖 사치스러운 가구와 장식품들로 가득했다.

지금 사용하는 생활관 방이 최소한의 물건으로만 채워진 것을 생각하면 지나치게 정신 산만한 환경이었다.

소파에 앉은 아서가 맞장구쳤다.

"옛날에는 어린놈이 왜 그리 보석을 모아 대나 했는데, 이쯤 되면 없는 게 더 허전하긴 했겠다. 근데 기껏 샀던 건 왜 다 팔아 버렸냐?"

"돈이 최고라는 걸 깨달았거든요."

대충 대답하며 아렌트는 제 앞에 놓인 미음을 숟가락으로 휘적거렸다.

그 꼴을 본 아서가 인상을 찌푸렸다.

"알겠으니 먹기나 해."

"먹기 싫은데."

"네가 어린애냐?"

짜증 섞인 재촉에 아렌트는 구시렁대며 스푼을 제대로 쥐었다.

하지만 곧이곧대로 식사를 시작한 건 아니었다.

"에버란 왕국이랑 루카인 왕국 쪽은요?"

"아, 진짜. 아직 별일 없어! 환자면 환자답게 처먹고 자기나 해!"

그러자 아렌트는 고개를 끄덕이고는 맛없는 미음을 입에 쑤셔 넣었다.

'하긴, 뭔가가 벌어지기는 아직 이르긴 하지.'

에크하르트 백작가의 영지에 도착한 바로 다음 날 구울

과 호문쿨루스들을 처리했으니, 이곳에 온 지 이제 겨우 사흘이 되는 참이었다.

그쪽은 아직 왕국까지 다다르지도 못했을지도 몰랐다.

거기까지 생각이 닿은 아렌트는 드디어 식사를 깨작이기 시작했다.

그제야 아서 역시 한숨을 푹 내쉬고 소파에 몸을 기댔다.

"좀 어떠냐?"

"딱 죽기 직전인 것 같긴 한데요."

아닌 게 아니라 몸이 으슬으슬하고 뼈마디가 쑤신 것이 지독한 독감에라도 걸린 것 같았다.

게다가 호문쿨루스와 싸우다가 찔리고 다친 상처까지 뒤늦게 아파 왔다.

마력이 정상이 아닌지라 외상마저 회복이 더디니 환장할 노릇이었다.

아서는 얼굴을 굳히고 진지하게 걱정을 늘어놓았다.

"몸 좀 사려, 이 자식아. 우리한텐 쓸데없이 목숨 건다고 타박하면서 정작 너는 왜 자꾸 이 모양인데?"

하지만 아렌트는 늘 그렇듯 굴하지 않았다.

"어쩌겠어요. 내가 너무 잘난 것을."

"농담하는 거 아냐."

"저도 농담 아닌데요? 그리고 전 목숨 건 적 없어요. 봐요, 안 죽었잖아요."

"……그래, 안 죽었지. 이틀 꼬박 열이 펄펄 끓어서 사람 식겁하게 만들긴 했지만. 지금도 눈만 간신히 뜨고 있는 주제에, 안 괜찮다고 지껄일 거면 제발 얌전히라도 있으라고, 좀!"

힐난을 듬뿍 담아 아서가 쏘아붙이자 아렌트는 귀를 후비적대는 시늉을 했다.

"시끄러워 죽겠네. 불만 있으면 먼저 움직이라고 제가 몇 번을 말해요?"

"……."

저걸 진짜 한 대 쥐어 팰 수도 없고.

아서가 살며시 주먹을 쥐었다가 풀었다.

지금 쳤다가는 진짜 죽어 버릴지도 몰랐으니까.

아렌트는 더 말 섞기도 귀찮다는 듯 화제를 돌려 버렸다.

"정령석은요?"

아서는 마뜩잖은 얼굴을 하면서도 그에 응해 주었다.

"쯧, 회수했어. 둘 다 멀쩡하더라. 마침 황궁에 자카르 교관님 일행이 도착하셨으니 복귀하면 바로 양도하기로 했어."

혹사당한 탓에 힘을 많이 잃은 상태였지만, 엘프족의 숲으로 돌아가면 천천히 힘을 되찾을 수 있을 것이다.

마정석과는 달리 정령석은 살아 있는 존재였으니까.

"그런데 이해가 안 간단 말이지. 기껏 훔친 걸 이런 식으로 소모해도 되나? 이제 저쪽에 남은 정령석은 하나밖에 없는 거잖아."

"그 정도 투자를 해서라도 단장님이랑 저를 파묻어 버리고 싶었거나."

미음을 깨작대던 아렌트가 은근슬쩍 스푼을 내려놓았다.

"아니면 이제 필요 없다는 거겠죠. 정령석을 복제할 수 있게 되었으니까. 어쩌면 둘 다일지도 모르고."

"아."

아서의 입에서 짧은 탄성이 튀어나왔다.

"둔해 빠진 선배는 미처 눈치 못 채신 것 같지만, 괴물 놈들 움직임이 좀 이상하더라고요. 아무래도 자아를 완벽하게 지배하는 건 실패한 것 같아요."

"둔하다는 말은 빼, 이 자식아."

아서가 짜증스럽게 쏘아붙였다.

"그래도 알 만하네. 저번에도 진이 철수하라고 명령하기도 전에 도망쳐 버렸고, 드래곤 호문쿨루스 역시 마지막에 저항을 포기했더라."

"진이 엘프라서 그 정도로 조종이 가능했던 거지, 아니었으면 시도조차 못 했을걸. 억압하는 시간이 길어질수록 점차 정령석이 반항하기 시작한 거죠."

잠깐 생각하던 아서가 물었다.

"모조 정령석은 백작님이 분석 중인가?"

"네, 황궁에서는 감당이 안 되어서 아예 연구실로 가져가셨어요. 그런데 아직 유의미한 성과는 없는 것 같더라고요."

인간들이 쉽게 분석할 수 없도록 드래곤이 손을 써 둔 것이 분명했다.

아렌트가 귀찮다는 듯 말을 이었다.

"그래서 기회가 되면 렉시온 님한테 부탁해 보려고 했는데 말이죠…… 그럴 틈도 없이 일이 이렇게 된 거라, 그쪽은 어떻게 됐는지 모르겠네요."

스텔이 급하게 자리를 비운 것이 마음에 걸렸다.

렉시온은 체르니온 교단 쪽 드래곤을 찾으러 간다고 했으니, 아무래도 그쪽에서 뭔가 사달이 난 게 분명했다.

상념에 빠진 그를 물끄러미 보던 아서가 한숨을 푹 내쉬었다.

"네가 자는 동안 르웰린 왕자님한테 연락이 한 번 왔었는데."

"뭐야, 왜 진즉 말 안 했어요?"

아렌트가 눈썹을 치뜨자 아서가 신경질을 터뜨렸다.

"단장님이 어지간하면 아무 말도 하지 말라고 함구령 내리셨으니까, 이 자식아. 그렇다고 입 다물고 있으면 나중에 가만히 안 있을 게 뻔하니까 굳이 알려 주는 거라고. 그러니까……."

거기까지 말한 아서가 사납게 으르렁거렸다.

"그거 빨리 다 먹어라. 식사 끝내기 전에는 말 안 해 줄 거니까. 은근슬쩍 죽 밀어 놓는 거 다 봤어."

"칫."

"진짜 손 많이 가는 새끼."

아서는 짧게 투덜거리며 팔짱을 낀 채 소파에 다시 기대앉았다.

아렌트는 불만스러운 얼굴을 하면서도 꾸역꾸역 식사를 마저 할 수밖에 없었다.

그제야 아서가 다시 입을 열었다.

"이틀 전이었나. 갑자기 에버란 왕국 국경 너머 북부 산맥에서 큰 지진이 있었대."

"지진이요?"

"어. 마침 그 근처 유적을 탐사하던 탐험가들이 있었는데, 아무래도 심상찮은 것 같다면서 왕자님께 보고가 들어왔다고 하시더라고."

열 때문에 멍하던 아렌트의 눈에 한순간 빛이 돌아왔다.

"자세히 말해 봐요."

"쯧, 유적을 탐사 중이었는데 갑자기 강한 지진이 일어나서 대피했대. 그런데 평범한 지진이라고 하기엔 너무 오래 지속돼서 이상하다 싶었는데……."

르웰린이 전해 준 말을 떠올린 아서가 눈썹을 살짝 찌푸렸다.

"잠잠해진 뒤에 가 보니까 산 중턱이 폭삭 내려앉았다더라. 근처 동식물들도 죽어 있고, 살아남은 동물이랑 몬스터는 산에서 죄다 도망친 건지 남아 있는 놈이 없었대."

"호오?"

"좀 더 탐사해 보니 산 아래에 아직 발견되지 않은 동굴이 하나 있었다나 봐. 그런데 입구는 물론이고 안이 무너져 있어서 더 조사는 못 했다고 하시더라."

무슨 일이 있었는지 충분히 짐작 가는 상황이었다.

아렌트가 쯧 혀를 차고는 머리를 긁적였다.

"드래곤끼리 거하게 한판 한 것 같네요."

"맞아. 그리고 어젯밤에는 에버란 왕국 해상 쪽에서 뜬금없이 천둥번개가 쳤고. 근처 어선들이 다 대피할 정도였다던데."

잠깐 뜸을 들이던 아렌트가 어처구니없이 중얼거렸다.

"……이 미친 드래곤은 도대체 뭐 하고 다니는 거야?"

"렉시온 님도 너한테는 그런 말 안 듣고 싶으실걸."

한마디 타박을 놓은 아서가 말을 이었다.

"아무래도 드래곤이 에버란 왕국 쪽에 있는 듯하니 르웰린 왕자님께서 계속 주시해 주신대."

지금은 그게 최선이었다.

드래곤의 싸움에 인간이 끼어들 수는 없으니까.

아렌트는 눈썹을 찌푸리면서도 고개를 끄덕였다.

"뭐…… 그럼 당분간 제가 할 일은 없다는 거네요."

"그렇다니까. 그러니 제발 잠이나 자. 사람 귀찮게 하지 말고."

"누가 여기 있으랬어요? 멋대로 눌러앉아 놓고는 왜 나한테 난리야."

짜증스런 대꾸가 돌아오자 아서가 울컥해 쏘아붙였다.

"단장님이 너 좀 감시하라는데 어떻게 해? 그러게 평소에 신뢰 좀 쌓아 놓지 그랬냐."

"내가 뭘 했다고요."

"넌 양심이라는 게 없냐?"

이제는 아서도 완전히 익숙해져 버린, 한쪽만 일방적으로 복장 터지는 말싸움이 다시 시작되었다.

한동안 조용하던 방이 드디어 떠들썩해지는 순간이었다.

하지만 그마저도 오래가지 않았다.

말싸움을 시작한 지 얼마 지나지 않아서 아렌트가 앓는 소리를 내며 자리에 풀썩 누워 버린 것이다.

"으으윽, 머리야……."

다시 열이 오른 나머지 눈앞이 빙빙 돌았다.

"으이구, 설칠 때 알아봤다. 잠이나 자. 변동 사항 생기면 바로 깨워 줄 테니까."

"안 그래도 그러려고 했어요. 옆에서 시끄럽게 군 게 누군데."

아서의 타박에 불만스러운 얼굴을 하면서도 아렌트는 꾸물꾸물 이불 안으로 들어갔다.

잠시 후, 도롱이벌레 같은 꼴이 된 이불 안에서 웅얼거리는 목소리가 들려왔다.

후회할 때는 이미 늦었다 〈183〉

"잘 테니까 선배도 나가요. 괜히 신경 쓰이게 옆에서 알짱대지 말고."

"하여튼 말하는 싸가지 하곤. 간다, 가."

짧게 툴툴거린 아서는 순순히 자리에서 일어났다.

'얄미운 자식.'

이불 밖으로 흩어진 은발에 아서의 복잡한 시선이 닿았다.

몸이 너덜너덜해지긴 했지만, 아렌트는 평소와 크게 다를 바 없었다.

늘 그랬듯 뻔뻔했고 신경질적이었으며, 어느 정도 기력이 돌아오자마자 사람 속을 박박 긁어 대기나 했다.

그러나 다른 사람이라면 충분히 심란할 상황임에도 아무렇지도 않게 굴고 있었다.

하지만 어째서일까.

가만히 지켜보고 있자니 묘하게 불안불안했다.

'몸 상태가 정상이 아니라서 그런가.'

반반한 얼굴 아래에 아직 읽어 내지 못한 뭔가가 있는 것 같다.

마치 철통같이 세워진 요새에 생긴 아주 작은 금처럼.

괜히 문 앞에서 미적대던 아서는 아렌트가 완전히 잠든 뒤에야 방 밖으로 빠져나갔다.

탁.

"……?"

그대로 자리를 벗어나려던 아서는 문득 느껴진 인기척에 고개를 들었다.

복도 맞은편에 어정쩡하게 서 있는 나이 지긋한 하인이 눈에 들어왔다.

"아."

그 역시 막 아렌트의 방 밖으로 나오는 아서를 발견하고는 깜짝 놀란 표정을 지었다.

마치 나쁜 짓을 하다 들킨 사람처럼 어색한 얼굴이었다.

"그쪽은…… 이름이 밀러드였던가."

며칠 머물며 안면을 익힌 하인이었다.

에크하르트 백작가에서 가장 오래 일했다는 하인으로, 사용인들 중에서도 꽤 높은 관리직에 있는 것 같았다.

백작가에 방문한 기사들의 시중을 담당하고, 아렌트가 요양 중인 방에 식사며 포션을 날라 주기도 했다.

밀러드가 어색한 표정으로 묵례했다.

"좋은 저녁입니다, 노버트 경. 뭔가 필요하신 거라도 있으신지요?"

"아니, 딱히 필요한 건…… 방 주인이 자겠다면서 내쫓기에 나왔을 뿐이라."

아서가 얼떨떨하게 대답했다.

하지만 하인은 쉽게 물러서지 않았다.

"안에도 딱히 필요한 건 없으십니까?"

"뭐어, 신경 안 써도 돼. 이것저것 까다롭게 굴 기력도 없을걸? 안 그런 척하고 있는데 아파 죽기 직전일 거라."

농담 섞어 말했지만 늙은 하인은 여전히 개운치 않다는 얼굴이었다.

"그러시군요……."

그렇게 중얼거리는 모습이 어쩐지 맥이 빠진 것처럼 보이기도 했다.

그제야 아서는 밀러드가 왜 우물쭈물하며 이 복도를 서성이고 있는지 어렴풋이 깨달았다.

"혹시 저 녀석 걱정되어서 그래?"

나이 든 하인이 어색하게 웃으며 고개를 살짝 숙였다.

"하하…… 송구합니다."

머쓱한 얼굴이 정곡을 찔린 듯했다.

그러고 보니 다른 하인들은 코빼기도 비치지 않는 와중에 이 노인만큼만은 유난히 아렌트의 방 근처를 맴돌곤 했다.

다른 일을 하다가도 뭔가 필요한 기미가 생기면 냉큼 달려오곤 했으니까.

아서가 의아하게 말했다.

"그럼 직접 들어가 보면 되지. 아직 상태가 안 좋긴 한데, 어제보다는 훨씬 나아."

"아니요, 제가 어떻게 그럽니까. 주제넘게. 괜찮습니다. 도련님…… 아니, 아렌트 경께서 싫어하실 텐데요."

하지만 밀러드는 황급히 손사래를 쳤다.

"저는 이만 물러가 보겠습니다. 조금씩 괜찮아지신다는 것만 알았으면 됐습니다. 혹시 필요한 게 있으면 언제든지 말씀해 주십시오."

"흠."

슬그머니 못된 호기심이 들었다.

다른 하인들은 아렌트가 머무는 방이 마치 벌집이라도 되는 것처럼 슬슬 피해 다녔다.

심지어는 부친인 에크하르트 백작마저도 나타나지 않는 상황에 슬슬 부아가 치밀던 아서였다.

잠깐 고민하던 아서는 슬쩍 하인의 시선을 피하고는 퍽 자연스러운 태도로 거짓말을 꺼냈다.

"……그러고 보니 좀 출출한 것 같기도 한데. 요깃거리 있나?"

아렌트에게 전수받은 수법이었다.

하인의 눈이 동그래졌다.

그것을 눈치채지 못한 척, 아서가 천연덕스럽게 말을 이었다.

"겸사겸사 저 녀석 뒷담 정도는 충분히 들어 줄 수 있는데."

놀란 토끼처럼 눈을 깜빡이는 그와 시선을 마주친 아서가 씨익 장난스럽게 미소 지었다.

"나도 할 이야기가 많아서."

* * *

 잠시 후, 두 사람은 텅 빈 식당의 테이블 한구석에 마주 앉았다.
 밀러드가 내어 온 빵을 입에 쏙 넣으며 아서가 운을 뗐다.
 "저 녀석 어렸을 때는 어땠어? 지금보다는 좀 얌전했나?"
 밀러드의 입에서 한 치의 망설임도 없이 칼 같은 대답이 돌아왔다.
 "설마, 그럴 리가 있겠습니까."
 "……."
 얼어 버린 기사를 앞에 둔 밀러드가 허허 웃음을 터뜨렸다.
 "성격이 아주 대단하셨습니다. 채 한 살이 되시기 전부터 이 노인네의 수염을 잡아 뜯기도 하셨으니까요. 네 살쯤 되셨을 때는 하인들에게 온갖 장난을 거셔서 아주 곤란했습니다. 지나가다가 물동이를 뒤집어쓰는 일은 예사였지요."
 "저 성질머리는 타고난 거였군."
 아서가 질린 얼굴로 고개를 절레절레 내젓자 밀러드가 주름진 입가에 쓴 미소를 드리웠다.
 "그래도 참 귀여우셨습니다. 마님께서 두어 살쯤 되신

도련님을 품에 안고 계실 때는, 그야말로 루체 신의 축복이 내린 것 같은 광경이었답니다."

옛 추억을 더듬는 노인의 눈이 반달처럼 휘었다.

신을 꺼려 하는 아렌트가 직접 들었더라면 질색할 만한 묘사였지만, 굳이 아서는 그 말을 꺼내지는 않았다.

"그마저도 마님께서 병으로 돌아가신 뒤로는 영영 볼 수 없게 되었지만 말입니다."

눈을 깜빡이던 아서가 조심스럽게 물었다.

"그게 언제였는데?"

"큰 도련님께서 13살, 작은 도련님이 여덟 살 되시던 해였지요."

백작 부인은 에크하르트 백작가에 찾아든 햇살 같은 존재였다.

하지만 그 불빛은 한순간 꺼져 버렸다.

"영주님께선 마님을 참 아끼셨습니다. 다른 어느 곳에서도 찾아볼 수 없는 사이좋은 부부셨지요."

"그, 진짜? 상상이 안 되는데."

잠깐 멍하니 있던 아서가 회의적으로 묻자 밀러드는 고개를 천천히 끄덕였다.

"예, 놀랍지요? 그러니 영주님의 상실감 또한 감히 상상할 수 없을 정도였을 겁니다. 그러니……."

잠깐 뜸을 들이던 밀러드가 조금 갈라진 목소리로 덧붙였다.

"점점 마님과 달라져 가는 작은 도련님이 눈에 차지 않으셨던 거겠지요."

과자를 집으려던 아서의 손이 멈칫했다.

"어머니를 잃은 아이가 혼란에 빠지는 건 당연한 일입니다. 그렇지 않아도 예민한 성정이셨던 둘째 도련님의 심정이 어떠셨겠냐만……."

"……."

"마님의 그림자를 떨쳐 내지 못하신 영주님은 최악의 대처를 하신 겁니다. 둘째 도련님을 다독이는 대신 호된 훈육을 하셨으니까요."

그러나 아렌트가 백작 부인 같은 사람이 될 리는 만무했다.

감정의 골이 깊어지며 부자 관계는 최악으로 치달았다.

소년 아렌트는 그 분노를 사용인들에게 표출했고, 결국 하인들도 몇 해 안 가 아렌트에게서 완전히 등을 돌려 버렸다.

밀러드는 그런 와중에도 아렌트의 마음을 돌리려 애썼지만 소용없었다.

결국 그 역시 조용히 멀어지는 것으로 아렌트의 안녕을 바라는 데 만족해야 했다.

"외로우셨을 겁니다."

조용한 식당, 밀러드의 쓸쓸한 목소리가 새겨졌다.

"제가 이런 말 할 자격이 없다는 건 잘 알지만요."
"……."
"그래서…… 주책맞게 단장님께도 여쭤보고 말았습니다. 둘째 도련…… 아니, 아렌트 경이 기사단 안에서 잘 지내시느냐고요. 그렇다 말씀해 주셔서 어찌나 다행인지."

노인이 흐리게 웃었다.

"노버트 경께서도 곁에 계셔 주시는 걸 보니 마음이 놓입니다."

"……글쎄다. 마음 놓기는 조금 이른 것 같긴 한데."

아서는 시선을 내리깔았다.

얼마간 흐르던 침묵을 깨고 아서가 입을 열었다.

"저놈 때문에 골치 아파 죽겠어."

지금까지의 화제와는 달리 사뭇 가벼운 어조였다.

밀러드가 고개를 들자, 아서는 일부러 뚱한 얼굴을 해 보였다.

"가는 곳마다 사고를 쳐 대니 조용할 날이 없어. 잠깐 눈만 떼면 어디로 튀어 나가 버리고. 미리 말이라도 해 주면 뭐가 덧나나?"

불만스레 투덜거린 아서는 한술 더 떠 팔짱까지 꼈다.

"견습 주제에 건방지기 짝이 없다니까. 그렇게 훌쩍 나섰다가 다쳐 오기나 하고. 황태자 전하께서도 요즘엔 감당 못 하겠다는 기색이시던데."

"그러고 보니 황태자 전하와 가깝게 지내신다는 이야기도 전해 들었습니다. 그게 사실이었군요."

밀러드의 눈에 반짝 생기가 돌았다.

"황실 모독죄로 체포당하지 않은 게 신기할 정도라고. 가끔 전하의 검술 수련도 도와드리는 것 같던데, 개 성격엔 수련 핑계로 실컷 놀려 드리기나 할걸?"

일부러 퉁명스러움을 가장해서 길게 이야기하려니 어쩐지 입이 바싹 마르는 것 같았다.

차로 목을 축인 아서가 덧붙였다.

"처음에는 옆에서 떨어지는 부스러기 좀 주워 먹어 보겠다고 들러붙는 사람도 있었는데, 요즘엔 그냥 미친놈인가 싶어서 아무도 귀찮게 안 굴더라."

"하하…… 알 만하군요."

"그런 것치곤 묘하게 사람이 많이 꼬이는 편이라. 꼬맹이 시종들도 아렌트 뒤만 졸졸 따라다니고, 황태자 전하께서도 그 녀석을 제일 편하게 대하시는 눈치시니, 이제는 버르장머리 없다고 욕도 못 하겠어."

아서는 지금 아렌트 흉내를 내고 있었다.

혼자 마음 졸여 왔을 단 한 사람의 관객을 위해서.

"그러니 졸졸 따라다니면서 감시라도 하는 수밖에. 혼자 두면 무슨 짓을 할지 모르니까. 쯧, 아마 당분간 그 역할은 내 차지겠지. 아렌트 빼곤 내가 제일 막내거든."

"그러시군요. 잘 부탁드립니다."

밀러드는 그저 기쁜 듯 고개를 연신 끄덕였다.

"아렌트가 황실 기사단에 있는 이상 외로울 틈은 없을 걸. 지금 황태자 전하만큼 바쁜 게 그 녀석이니까."

하지만 아서는 아렌트가 아니었다.

연기는 여기까지가 한계였다.

"그러니까……."

아무렇지도 않은 척하던 어조가 한순간 끊어졌다.

속이 끓었다.

그 괴팍한 성격이야 어떻든, 남에게 의지할 줄 모르고 제 감정을 드러내지 않는 습관이 어디에서 비롯된 건지 깨달아 버린 탓이었다.

지금 아렌트가 부상과는 상관없이 불안정해 보이는 까닭 역시 분명 여기서 비롯되었을 터였다.

아르크스가 과할 정도로 납작 엎드리는 것도 이해가 갔다.

"……이제 그놈한테 백작가는 필요 없어."

아서가 건조하게 내뱉은 말에 이야기를 경청하던 밀러드의 얼굴이 딱딱하게 굳었다.

마치 뺨이라도 맞은 것처럼.

"예?"

하지만 아서는 그 말을 철회하지 않았다.

대신 한없이 무심한 눈으로 밀러드를 응시하며 덧붙였다.

"기회가 된다면 백작님께도 그렇게 전해 두는 게 좋을걸."

아렌트가 필요로 할 때 백작은 몇 번이고 등을 돌려 버렸다.

이제는 아렌트 역시 백작가가 필요 없게 되었으니, 그가 가문으로 돌아오거나 그들을 용서할 일은 결코 없을 것이다.

잠시 후, 밀러드가 천천히 시선을 아래로 떨어뜨렸다.

"그렇군요, 그것참……."

미처 말을 잇지 못하겠다는 듯, 그가 한참 뜸을 들였다.

그리고 오랜 시간이 지난 뒤에야 잔뜩 멘 목소리가 흘러나왔다.

"그것참, 다행입니다."

* * *

아렌트는 한밤중에 잠에서 깨어났다.

어둠에 잠긴 방에서 혼자 비몽사몽 침대에 걸터앉아 있으려니 차차 현실감이 돌아왔다.

"……죽겠네, 진짜."

살짝 갈라진 목소리가 흘러나왔다.

몸은 아까보다 좀 가벼워졌지만 꿈자리가 사나웠던 탓에 머리가 지끈거렸다.

"쯧."

뻐근한 어깨를 몇 번 돌린 아렌트는 이불을 걷어 내고

침대에서 벗어났다.

　도저히 더 누워 있을 수가 없었다.

　대충 옷을 갈아입고 슬리퍼까지 신으니 기분이 조금 나아지는 것 같았다.

　'그래도 할 일이 있어서 다행인가.'

　방 한가운데에 우뚝 선 아렌트는 새삼스레 방을 찬찬히 둘러보았다.

　"진짜 꼴값하고는."

　방에 대한 감상은 이 한마디로 정리할 수 있었다.

　온갖 사치품들로 가득한 이곳이 '아렌트'가 나고 자란 장소였다.

　얼핏 듣자 하니 모친이 병사한 뒤로는 계속 이 방을 사용했다는 것 같았다.

　즉…… 이 방은 '아렌트'라는 배우의 대기실이자 무대 뒤편인 셈이었다.

　캐릭터를 파헤치기에 딱 좋은 공간이었다.

　아렌트는 서가 쪽으로 다가가 아무거나 책을 한 권 잡았다.

　하지만 내용에 집중하지 못한 그는 자연스레 딴생각에 빠지고 말았다.

　'왜 황실 기사단이었을까.'

　부와 명예를 한꺼번에 손에 쥐기에 딱 좋은 자리기는 했다.

'출발은 나쁘지 않았을 텐데.'

최연소 입단 견습 기사, 검술 천재.

이런 어마어마한 타이틀을 단 녀석이니 기사단에 잘 녹아들기만 했어도 문제없었을 것이다.

자리를 잡지 못한 게 문제였을 테지만.

애초에 황실 기사단이라는 집단은 그 망나니에게 썩 잘 어울리는 곳이 아니었다.

'제자리를 찾는 게 생각보다 어렵긴 하지.'

그런 의미에서 그는 무대가 편했다.

중요한 역할이든 아니든 상관없었다.

적어도 무대에서만큼은 제자리가 분명히 존재했으니까.

'그리고 지금은……'

진짜 아렌트가 바라 마지않던 자리를 자신이 차지하고 있다.

그 정도 자각은 있었다.

하지만 딱히 지금 와서 미안하다거나 안타깝지는 않았다.

'애초에 내가 원해서 여기에 있는 것도 아니고.'

어차피 인생은 한바탕 연극이었다.

'아렌트 폰 에크하르트'는 무대 위에서 치명적인 실수를 저질렀다.

그러니 퇴장당하는 건 당연한 일이었다.

"……일기장 같은 것도 없냐고."

서가의 책을 꽤 많이 뒤적거려 보아도 공부에 쓴 교재 이외의 것은 찾을 수 없었다.

하긴, 생각해 보면 딱히 일기 같은 걸 쓸 성격도 아닌 것 같았다.

"그렇다 쳐도 흔적이 너무 없는데."

사치품들과 책 이외에는 딱히 생활감을 느낄 만한 물건을 전혀 찾아볼 수 없었다.

방을 고스란히 남겨 둔 걸 보면 백작가에서 나서서 버린 것 같지도 않았다.

그렇다면 남은 가능성은 딱 한 가지.

두 번 다시 돌아오지 않을 생각으로, 백작가를 떠나기 전 본인이 흔적을 다 지운 거였다.

"결벽증 새끼 같으니."

욕을 섞어 투덜거리며 보석이 가득한 서랍장을 닫았다.

별 소득 없이 다음 서랍을 향해 손을 뻗으려는데.

달칵.

예고 없이 방문이 열렸다.

"……?"

저도 모르게 소리가 들린 쪽으로 고개를 돌린 아렌트는, 곧 방문자의 얼굴을 확인하고는 움직임을 멈췄다.

갑자기 들어온 불청객 역시 그가 깨어 있을 거라곤 예

상치 못했는지 당황한 얼굴이었다.

"……안 자고 있는 줄은 몰랐군."

한참 만에 에크하르트 백작이 입을 열었다.

아렌트 역시 서랍장에서 손을 떼고 몸을 돌려 그를 마주 보았다.

"뭔데요? 도둑처럼 살금살금 오시기나 하고."

빈정거리는 말에 차가운 대꾸가 돌아왔다.

"내가 못 올 곳을 왔나?"

순간 몰입하는 것조차 잊어버린 아렌트는 멍해지고 말았다.

'아.'

문득 달갑잖은 기억이 떠올랐다.

훌쩍 떠날 때는 언제고, 성인이 된 지 한참 뒤에 돈 좀 달라며 갑자기 극단으로 찾아왔던 아버지.

아버지는 빚이라도 내서 돈을 빌려 달라 요구했지만, 이수현은 들은 척도 하지 않았다.

그러나 그는 끈질겼다.

사기를 당했다, 끼니 때우는 게 힘들다, 병원비도 없다…….

구구절절 변명을 쏟아 내던 아버지는 결국 경찰을 부르겠다는 말을 듣고 난 뒤에야 발걸음을 돌렸다.

"내가 어디 못 올 데라도 왔나? 내 아들 내가 찾겠다는데!"

단원들이 앞을 막아서자 남루한 모습으로 입구에서 고함을 내지르던 목소리가 순간 귀에 선했다.

그 뒤 몇 달 지나지 않아 그가 죽었다는 소식이 날아들었다.

지독한 복수라도 당한 것 같은 기분이었다.

순간 치솟는 감정을 어찌하지 못해 아렌트는 사납게 쏘아붙이고 말았다.

"그럼 뭐, 웃으면서 반겨드리기라도 할 줄 아셨습니까?"

하지만 그것도 잠시, 아렌트는 제 실수를 깨닫고 입을 다물었다.

지나치게 감정적이었다.

에크하르트 백작 역시 놀란 듯 얼굴을 딱딱하게 굳혔다가 곧 다시 입을 열었다.

"……잠깐 상태를 보러 왔을 뿐이다. 금방 돌아가지."

괜히 환자를 자극해 봤자 좋을 건 없다 생각했는지, 조금 누그러진 목소리였다.

아렌트는 몇 번 주먹을 쥐었다 폈다 하며 시선을 아래로 내리깔았다.

"후우……."

천천히 한숨을 내쉬자니 쿵쾅거리던 심장이 서서히 안정을 되찾았다.

다시 시선을 든 그가 차갑게 덧붙였다.

"어쨌든, 구경은 이만하면 되신 것 같은데. 백작님도 괜히 시간 낭비하지 마시고 주무시러나 가시죠."

"……."

명백한 축객령이었다.

그러나 에크하르트 백작은 더 할 말이 있는지 쉽게 걸음을 돌리지 않았다.

아렌트는 백작의 시선이 붕대가 감긴 팔과 뺨의 상처에 닿았다는 것을 깨달았다.

아들의 몸에 줄줄 매달린 상처가 그닥 마음에 들지 않는 것이다.

아렌트의 미간이 살며시 구겨졌다.

'이것도 좀 짜증 나는데.'

백작이 왜 밤까지 기다렸다가 여기까지 찾아왔는지도 대충 짐작이 갔다.

누군 장남이 가출했다고 치사하게 시비나 걸었는데, 적과 싸우다 이런 꼴이 되었다고 하니 뒤늦게 양심의 가책을 느낀 것이다.

고작 그 정도로 죄책감을 느끼고서 뻔뻔하게 여기까지 찾아든 백작도, 거기에 언짢아져서 답지 않게 연기 실수를 저지른 자신도 다 마음에 안 들었다.

백작이 어울리지도 않게 구구절절한 사죄를 읊는 것도 안 보고 싶었다.

사과를 받아 줄 사람은 이미 세상에 없으니까.

무엇보다 에크하르트 백작은 그의 아버지가 아니니, 괜히 말 한마디에 이렇게까지 동요할 필요는 전혀 없었다.

이곳은 자신의 무대고, 극은 단 한 번도 멈춘 적 없었다.

거기까지 생각이 미치자 마음이 차분해졌다.

"……그러고 보니까요, 백작님."

너덜너덜해진 팔을 슬쩍 뒤로 숨기며 아렌트가 운을 뗐다.

"선물 잘 받았습니다. 가시기 전에 감사 인사는 해야 할 것 같아서."

"선물이라고?"

백작이 눈을 찌푸리며 되물었다.

그러는 사이 아렌트는 완벽히 채비를 끝낸 뒤였다.

전투 전에 했던 다짐을 실행할 겸, 이대로 단막극을 펼치는 것도 나쁘지 않을 것 같았다.

건방진 애송이답게 고개를 삐딱하게 꺾었다.

곧게 서 있던 자세 역시 비스듬하게 바꿨다.

"네, 혹시 소식 못 들으셨습니까? 칸 연합의 새로운 매장이요. 백작님 덕분에 굉장히 좋은 자리에 있는 건물을 싸게 매입할 수 있었거든요."

거기에 사람 열받게 만드는 비웃음과 오만한 눈빛까지 매달면 제 잘난 맛에 사는 견습 기사, '아렌트 폰 에크하르트' 완성이었다.

순간 백작의 얼굴이 묘하게 뒤틀렸다.

하지만 백작도 도발에 쉽게 넘어가지는 않았다.

"그런 식으로 빈정거리는 나쁜 버릇은 언제 생겼는지 모르겠군."

"뭔 소리래. 원래 이랬습니다. 이렇게까지 관심이 없으니 아들이 반역을 꾀하는지, 감옥에 처박혀 사형 직전이 됐는지, 어떻게 갑자기 떼돈을 벌고 황태자 전하 옆에서 온갖 공을 세워 대는지 알 턱이 없지."

"……."

"백작님도 장사하시는 분이라면 안목을 좀 기르시는 게 좋지 않을까요? 눈치가 없으면 정보라도 빠르시던가."

어디서 와지직 소리가 나는 것 같은 착각이 들었다.

아픈 곳을 정확하게 찔린 백작의 무표정이 박살 나는 소리였다.

그와는 반대로 아렌트는 마음이 점점 편안해졌다.

에크하르트 백작은 합을 맞추기에 썩 좋은 배우는 아니었지만, 얼굴 수습을 못 하는 꼴을 구경하고 있자니 기분이 훨씬 나아지는 것 같았다.

아렌트의 입가에 슬쩍 미소가 드리웠다.

"그러고 보니, 드레이튼 씨는 잘 지내시죠?"

이제 백작은 천장을 올려다보고 있었다.

한참 만에 에크하르트 백작이 관자놀이를 꾹꾹 누르며 입을 열었다.

"……드레이튼은 그때부터 몸이 안 좋아졌다며 반 칩거 중이다. 혹시나 해서 묻는다만, 진짜 근황이 궁금해서 묻는 건가?"

"아뇨? 앓아누웠다는 소리는 당연히 들었는데요. 그냥 열받으시라고 굳이 말 꺼내 봤을 뿐이에요. 그걸 몰라서 물으십니까?"

짜증과 신경질을 억누른 말에 아렌트가 밉살맞게 대꾸했다.

"……."

에크하르트 백작은 아들의 방에 찾아온 것이 슬슬 후회되기 시작했다.

"뭐, 바보 같은 드레이튼 상단주랑 같이 일하시는 걸 보아하니 백작님 안목도 딱 거기까지라는 걸 테죠. 성질 좀 더럽다고 핏줄도 본 척 만 척하시던 게 어딜 갔겠냐만."

"그……."

하지만 언제나 후회할 때는 이미 늦은 법이었다.

라이오스의 일침으로 생긴 사소한 변덕 때문에 이 방에 찾아온 것도, 괜히 이스트 상단까지 영입해 아렌트를 긁은 것도.

차남에게 지금껏 저지른 죄 때문에 이 비난 아닌 조롱을 고스란히 받아들여야 하는 처지가 된 것까지.

"……내가 잘못했다."

지금 에크하르트 백작이 할 수 있는 건 그저 자신의 업

보를 절감하는 것뿐이었다.
 하지만 아렌트는 순순히 어울려 줄 생각이 없었다.
 "잘못이요? 왜요? 뭘 잘못하셨는데요?"
 "……."
 "사과로 모든 일이 해결될 것 같으면 치안대며 기사단은 필요 없지 않을까요?"
 밉살맞은 대꾸에 죄인은 그냥 조용히 입을 다물었다.

 * * *

 다음 날.
 아렌트의 방을 찾아온 아서는 말끔한 제복 차림의 아렌트를 발견했다.
 "……."
 며칠 내내 어깨 아래까지 흘러내리던 은발은 늘 그랬듯 한 갈래로 느슨하게 묶여 있었고, 손에는 어디선가 찾아낸 서리 어린 손길까지 착용한 상태였다.
 멍하니 있던 아서가 곧 경악을 터뜨렸다.
 "너, 너…… 왜 일어났어, 이 자식아! 일주일은 더 처박혀 있어야 하는 거 몰라?"
 옷매무새를 말끔하게 가다듬은 아렌트가 단박에 인상을 찌푸렸다.
 "시끄럽게 진짜. 왜 호들갑 떨어요? 귀신이라도 본 것처럼. 됐고, 검이랑 통신구는 어쨌어요? 아무리 찾아도 없던데."

"그건 내 방에…… 아니, 잠깐만. 사람 말 좀 들어!"

얼떨떨하게 대답하던 아서는 퍼뜩 정신을 차리고 버럭 고함을 쳤다.

"너 움직이면 안 된다니까? 당장 다시 안 누워?"

"좀이 쑤셔 죽겠는데 뭐 어쩌라고요. 이런 뒤숭숭한 방에서 지금껏 버틴 것만 해도 기적이지."

하지만 당연히 씨알도 먹히지 않았다.

"괜히 꼴 보기 싫은 인간이랑 말 섞었다가 기분만 잡쳤네. 전 식사하러 갑니다."

불만스럽게 투덜거린 아렌트는 아서를 그대로 지나쳐 성큼성큼 방 밖으로 나가 버렸다.

쿵.

매정하게 닫히는 문을 멍하니 보던 아서가 황망히 중얼거렸다.

"저 새끼가 진짜……."

난 이제 단장님한테 뒈졌다.

눈앞에 닥친 불벼락의 기운에 아찔해진 것도 잠깐, 정신을 퍼뜩 차린 아서는 후다닥 그의 뒤를 따랐다.

"야! 같이 가!"

5장. 도화선에 불을 붙여라

도화선에 불을 붙여라

 당연히 예상한 것 이상의 잔소리가 날아들었지만, 아렌트는 그마저도 슬기롭게 극복했다.

 자신을 둘러싸고 시끄럽게 구는 리히트와 라이오스, 아서에게 전날 밤의 일을 축약해서 전달해 준 것이다.

 "백작님이 한밤중에 갑자기 찾아오셨더라고요. 그런데 그 방에서 마음 편하게 쉴 수 있겠어요?"

 ……라고.

 부자 사이가 지독히 나쁜 걸 아는 그들이 거기에 대고 더 할 말이 있을 리 없었다.

 그 대신 기사들의 분노와 짜증은 고스란히 에크하르트 백작에게 향했다.

 쏟아지는 원성들을 대충 요약해 보면, 왜 모처럼 가만히 있는 놈을 건드려서 긁어 부스럼을 만드느냐는 거였다.

그러거나 말거나 순조롭게 자신의 검과 통신구를 되찾은 아렌트는 제일 먼저 르웰린에게 연락했다.

통신이 연결되자마자 당황한 목소리가 흘러나왔다.

- 뭐, 뭐야 너? 앓아누웠다면서?

"그것도 하루 이틀이지. 그것보다 드래곤들 위치는?"

거두절미하고 냅다 본론부터 꺼내자 르웰린이 기가 막힌다는 듯 대꾸했다.

- 그…… 지금 어디서부터 지적해야 할지 모르겠거든? 아서 경이 거짓말했을 리도 없고, 왜 벌써부터 나돌아 다니는 거야? 그런 주제에 다짜고짜 뭐, 드래곤? 장난해?

"이놈이고 저놈이고 시끄러워 죽겠네. 돌아다닐 만하니까 돌아다니는 거지. 묻는 말에나 대답해."

르웰린이 통신구 너머에서 꽥 소리를 질렀다.

- 내가 널 몰라? 답답하다고 그냥 뛰쳐나왔겠지!

한쪽 귀를 막으며 통신구를 잠깐 멀찍이 뗐던 아렌트가 짜증스럽게 덧붙였다.

"대답 안 할 거면 그냥 끊고."

- 진짜 이 싸가지 없는 새끼를 어쩌면 좋지?

황망하게 중얼거리는 것도 잠시, 르웰린이 한숨을 푹 내쉬었다.

- 이곳저곳이 시끄럽다가 어젯밤부터 갑자기 잠잠해졌어. 지진이나 천둥 번개 때문에 대피 소동이 있긴 했는

데, 민간 피해는 전혀 없고. 이건 다행이지.

"잠잠해졌다고?"

– 어어. 사실 드래곤을 직접 추적한 게 아니라 이상 기후나 지진 같은 걸로 대충 위치를 어림짐작했을 뿐이라 완전히 맞아떨어지지 않을지도 모르지만. 위치도 하나하나 읊어 줘?

이러니저러니 해도 르웰린은 이런 곳에서 빈틈없었다.

아렌트는 잠깐 생각하다가 대답했다.

"아니, 거기까지는 됐어. 나중에 궁금해지면 물어볼게. 그나저나 아직 기사단이랑은 합류 못 했나 봐?"

– 그래도 곧 합류할 것 같아. 나도 이동 중이고. 일단 병력을 움직여서 먼저 수색 중이긴 한데, 아직 별 소득은 없어.

"뭐, 그렇겠지."

심드렁하게 말하며 아렌트는 통신구를 고쳐 쥐었다.

"그 정도로 찾을 수 있는 놈들이었으면 렉시온 님이 헤매지도 않았어."

– 그것도 그런가…… 일단 뭐든 낌새가 느껴지면 바로 보고한 뒤 철수하라고 해 뒀어. 어차피 그만그만한 놈들로는 상대도 안 될 테니까.

르웰린의 목소리가 딱딱하게 굳었다.

– 아서 경한테 상황은 전해 들었어. 이제 어디서든 호문쿨루스가 튀어나올 수 있다는 거지?

도화선에 불을 붙여라 〈211〉

하지만 그에 반해 아렌트는 언제나 그랬듯 무심하기만 했다.

"진이 모조 정령석을 만들 수 있게 되었으니까. 역시 그때 죽여 버렸어야 하는데."

- 무서운 소리 태연하게 하지 마, 제발. 이제 와서 말하는 거지만, 나 그때 얼마나 살 떨렸는지 아냐? 무슨 놈이 너 죽고 나 죽자는 말을 그렇게 살벌하게 해?

"네 간담이 작은 거겠지."

대범한 탐험가로 소문난 에버란 왕국의 삼왕자에게 이런 말을 할 수 있는 사람은 아렌트뿐이었다.

생전 처음 듣는 말에 어처구니가 없어진 르웰린이 침묵하는 사이, 아렌트가 화제를 돌려 버렸다.

"그나저나…… 얼마 전부터 잠잠하다고?"

- 뭐? 어, 어어, 그렇지. 그런데 그 이야기는 아까 끝난 거 아니었냐? 갑자기 왜?

멍하니 대답하던 르웰린이 의아하게 물었다.

잠깐 뜸을 들이던 아렌트가 고개를 옆으로 살짝 기울였다.

"상황이 정리된 거면, 슬슬 나타날 때가 된 것 같아서."
- 어? ……잠깐만, 너 지금 아직 본가에 있는 거 아냐?
"본가?"

아렌트가 말꼬리를 슬쩍 올리자 르웰린이 순식간에 정정했다.

- ……백작가. 어쨌든, 그쪽으로? 왜?

"왜냐니. 내가 여기에 있으니까."

- …….

대책 없는 자신감이라고 말하고 싶었지만, 르웰린은 그냥 얌전히 입을 다물었다.

그때 마침 성의 현관 쪽에서 우렁찬 비명 소리가 터져 나왔다.

"흐아아아아악!"

이럴 줄 알았지.

아렌트는 짧게 한숨을 내쉬며 소파에서 몸을 일으켰다.

"들었냐?"

- 그, 고생해라. 틈날 때 다시 연락할게.

잽싸게 인사를 건넨 르웰린이 곧장 통신을 끊어 버렸다.

어깨를 으쓱한 아렌트는 통신구를 갈무리하고 어슬렁어슬렁 비명이 들려온 쪽을 향해 걸음을 옮겼다.

* * *

렉시온의 꼴은 아주 볼만했다.

얼굴이며 손발에는 피가 덕지덕지 묻어 있었고, 허벅지 한쪽은 거의 뜯겨 나갈 기세로 너덜거렸다.

설상가상으로 텔레포트를 사용해 불쑥 나타났으니, 지나가다가 우연히 그를 맞닥뜨린 하인이 거품을 물고 기절한 것도 당연한 일이었다.

"그, 렉시온 님."

소란 때문에 달려온 라이오스가 침착하게 물었다.

"우선은 여쭙겠습니다만, 괜찮으십니까?"

"아."

그 지적 아닌 지적에 렉시온은 그제야 문제를 깨달았다.

비명 소리에 달려왔다가 렉시온의 몰골을 보고 겁에 질린 하인들이 저만치 떨어진 곳에서 벌벌 떨고 있었다.

라이오스의 뒤에 선 기사들 역시 떨떠름한 표정이었다.

"그 피나 좀 어떻게 해 봐요. 구울인 줄 알았네."

아렌트의 타박에 쯧 혀를 찬 렉시온이 마력을 운용했다.

"아니, 잠깐. 여기서 말고……."

퍼뜩 정신을 차린 라이오스가 그를 만류하려 했지만 이미 늦은 뒤였다.

갑자기 터져 나온 환한 빛이 한순간 주변을 가득 채웠다.

얼마 뒤, 빛 속에서 다시 모습을 드러낸 렉시온은 멀끔한 차림으로 돌아와 있었다.

"이 정도면 됐나?"

깨끗해진 옷을 툭툭 털며 렉시온이 담백하게 물었다.

갑자기 시전된 마법에 근처에 있던 하인들은 이제 졸도

하기 직전이었다.

라이오스는 그냥 모든 것을 포기하고 고개를 끄덕였다.

"렉시온 님이 괜찮으시다면 됐습니다."

"저 사람은 안 괜찮은 것 같기도 한데요."

그때, 잠자코 있던 아렌트가 턱짓으로 제 뒤쪽을 가리켰다.

거기에는 갑자기 피투성이 남자가 성에 들이닥쳤다는 보고를 받고 달려온 에크하르트 백작이 있었다.

"아."

기사들의 입에서 탄식이 터져 나왔다.

얼핏 보기에는 평소와 다를 바 없었지만, 무표정한 얼굴과는 달리 동공이 미친 듯이 흔들리고 있었다.

당연한 일이었다.

자신에게 모여든 시선을 알아차린 백작이 퍼뜩 정신을 차리고 표정을 가다듬었다.

"⋯⋯잘은 모르겠지만, 손님이 오신 듯하니 자리를 마련하겠습니다."

잠시 후, 렉시온과 성안에 남아 있던 기사들이 에크하르트 백작이 내준 응접실에 모여들었다.

벌벌 떨면서 다과를 내어 온 하인들이 도망치듯 자리를 벗어난 뒤, 라이오스가 먼저 운을 뗐다.

"르웰린 왕자님께 얼추 상황 전달은 받았습니다. 부상은 괜찮으십니까?"

"보다시피 이 모습으로 지내기에는 문제없어. 본체도 일주일이면 회복할 거고."

언짢게 미간을 구긴 렉시온이 덧붙였다.

"스텔은 당분간 못 움직일 거다. 미련한 놈이 감히 드래곤의 싸움에 끼어들어서는."

"많이 다치셨습니까?"

라이오스가 걱정스럽게 묻는 말에 렉시온이 건성으로 손을 내저었다.

"내 레어에 데려다 놨으니, 조금 쉬면 괜찮아질 거다. 그것보다 놈을 놓친 게 더 문제인데…… 쉽게 끝낼 수 있을 거라고는 생각 안 했지만."

렉시온이 못마땅한 듯 인상을 구겼다.

그래도 기사들이 호문쿨루스를 처리하는 동안, 니케포르가 방해하지 못하도록 막아 낸 것만 해도 꽤 큰 수확이었다.

가만히 듣던 아렌트가 끼어들었다.

"어땠어요? 오랜만에 동족끼리 회포를 푸셨을 텐데."

"그래, 아주 제대로 풀었지. 사흘 밤낮을."

렉시온이 비릿한 웃음을 지었다.

"그쪽에 있는 드래곤은 어떤 놈인데요?"

"뭐어, 한마디로 정의할 수는 없지만……."

다시 떠올리기만 해도 불쾌한지 렉시온이 인상을 찌푸렸다.

"이름은 니케포르. 아주 오래 산 노룡이지. 내 나이 두 배 정도 되었을 거야. 오랜 세월 동안 신에게 빌붙어 산 만큼 어딘가 크게 맛이 갔어. 옛날에도 그랬는데 지금은 더 심해졌더군."

"……."

"인상착의 정도는 기억해 둬. 보통은 안개숲 족 엘프 모습으로 다니고, 본체는 금빛이다. 빛의 마력을 타고난 놈이지. 아마 쉽게 알아볼 수 있을 거야. 놈은 거의 모습을 바꾸는 일이 없거든."

거기까지 말한 렉시온이 짜증스럽게 혀를 찼다.

"정신 나간 노친네, 조금이라도 쇠약해졌을 줄 알았더니 어림도 없더군. 어쨌든 너희도 조심하는 게 좋을 거다. 제정신 아닌 놈이고, 단장이랑 애송이한테 관심을 제법 두고 있더라고."

붉은 눈동자가 라이오스를 똑바로 바라보았다.

"특히, 단장 너. 저 건방진 놈이랑은 좀 다른 의미로 넌 교단에 있어서 요주의 인물이야. 조심해."

"알겠습니다. 충고 감사합니다."

라이오스가 고개를 꾸벅 숙였다.

그 순순한 대답이 꽤 마음에 들었는지 렉시온은 굳었던 얼굴을 조금 풀었다.

"그건 그렇고."

하지만 아렌트 쪽으로 다시 시선을 옮긴 그는 미간을

와락 찌푸렸다.

"넌 그게 무슨 꼴이냐? 마력이 완전 진탕이 됐군."

"무슨 꼴이긴요. 새삼스럽게 봐도 잘생긴 꼴이죠."

"……."

뻔뻔한 대꾸에 렉시온은 심란하게 천장을 올려다보았다.

하지만 그것도 잠시, 그는 한숨을 푹 내쉬고 손가락을 까닥였다.

가까이 오라는 뜻이었다.

"왜요?"

"닥치고 오기나 해."

"칫."

아렌트가 뚱한 얼굴을 하면서도 가까이 다가가자 렉시온은 곧장 치료 마법을 시전해 주었다.

렉시온의 손이 닿는 순간, 따뜻한 기운이 전신에 스며들었다.

순식간에 통증이 사라지고 몸이 가벼워졌다.

아렌트가 눈을 크게 뜨자 렉시온이 짧게 말했다.

"이 정도면 움직일 만은 할 거다. 내상은 함부로 완치시켰다간 부작용이 생길 수도 있으니 어느 정도는 그냥 견뎌. 그 꼴로 멀쩡한 척 돌아다닌 걸 보아하니 문제없겠지."

구멍이 몇 개나 뚫렸던 팔도 멀쩡하게 움직였다.

주먹을 몇 번 쥐었다 폈다 하던 아렌트가 새삼스럽게 말했다.

"생각보다 쓸모 많네요? 여튼 감사."

"드래곤한테 쓸모 운운하는 미친놈도 세상에 너밖에 없을 거다. 아직 계약 조건도 확인 못 했는데, 벌써부터 이 꼴이면 곤란하지."

언짢게 대꾸한 렉시온이 자리에서 몸을 일으켰다.

"황궁으로 복귀해야 할 인원이 있으면 전부 모아. 데려다주지."

"예?"

순간 그 말을 이해하지 못한 라이오스가 되물었다.

렉시온이 성가시다는 듯 손을 휘 내저었다.

"텔레포트로 데려다주겠다고. 꼴을 보아하니 무슨 소식이든 들려올 때까지 여기에서 버틸 생각이었던 것 같은데, 그러다 어느 세월에 합류하려고."

"……!"

기사들이 눈을 휘둥그레 떴다.

심지어는 아렌트도 잠깐 말문이 막힌 것 같았다.

커다란 응접실에 정적이 흘렀다.

한참 뒤, 아렌트가 제일 먼저 의심을 가득 담아 입을 열었다.

"뭐야, 아까부터 왜 갑자기 호의를 베풀어요? 무슨 꿍꿍인데요?"

"이 새끼는 잘해 줘도 지랄이야."

렉시온에게서 단박에 험한 욕이 날아들었다.

얄밉긴 하지만 아렌트의 말이 영 틀린 것은 아니었다.

렉시온이 한동안 황궁에 머물 수 있게 해 달라는 조건을 내건 것이다.

"나도 며칠은 회복에 전념해야 하는데, 그러려면 본체로 한 번 돌아갈 필요가 있어. 하지만 레어를 스텔에게 내줬으니 다른 공간을 찾아야 하는데…… 외부에 머물다가 그쪽 교단 눈에 띄면 귀찮아지니까."

"아, 그거면 간단하죠."

의외로 아렌트가 선뜻 대답했다.

"황태자 전하 전용 연무장에 계시면 될 것 같은데요. 거기 제법 넓고 쾌적하거든요. 제레온 보좌관님께 주변을 폐쇄해 달라고 부탁드리면 문제없을 겁니다."

가만히 있던 황태자만 갑자기 날벼락을 맞는 순간이었다.

렉시온의 표정이 떨떠름해졌다.

"말 꺼낸 내가 할 이야기는 아닌 것 같다만, 그거 괜찮은 거냐?"

"괜찮고 자시고, 내놓으라고 하면 내놓으셔야죠. 내가 이렇게 열심히 굴러 주는데, 사람이 양심이 있어야지."

"……."

렉시온이 슬쩍 라이오스의 표정을 보았다.

라이오스는 이미 해탈한 표정으로 먼 산을 보고 있었다.

다른 기사들 역시 마찬가지였다.

하지만 그러면서도 딱히 견습 기사의 태도를 지적한다거나 반대할 생각들은 전혀 없어 보인다는 게 더욱 웃기는 노릇이었다.

"황태자 전하께는 제가 말씀드릴게요. 거기에 당분간 황궁에 인간 모습으로도 머무실 수 있게끔 신분이라도 하나 만들어 두는 건 어때요? 렉시온 님도 본거지가 있는 편이 움직이기 나을 거잖아요."

"나쁘지 않은 이야기다만. 뭘 바라지?"

렉시온이 얼굴을 찌푸리자 아렌트가 대꾸했다.

"지금 1, 2기사단이 가 있는 곳 말예요, 나중에 일 터지고 나서 지원하러 가면 늦을 게 분명하니까……."

"유사시에 거기까지 옮겨 달라고?"

"넵, 척하면 척이시네요."

황송한 기색도 없이 담백하게 고개를 끄덕이는 아렌트를 보며, 렉시온은 잠깐 어처구니없다는 표정을 지었다.

하지만 그는 곧 쯧 혀를 차며 손을 휘 내저었다.

"그러지. 대신 황궁에서 지내는데 전혀 문제없도록 준비해 둬."

"그건 전하께서 알아서 하시겠죠. 제 일은 아닙니다."

"……"

렉시온은 입을 다물었다.

여전히 기사들은 딴청만 부릴 뿐이었다.
심지어는 그렇게 고지식하며 올곧다는 단장조차도.
신성 제국 칼리온은 이대로 괜찮은 건가.
약간의 회의감이 들려고 했다.

* * *

갑자기 들이닥친 사람의 정체가 드래곤이라는 말을 차마 하지 못한 라이오스는, 에크하르트 백작에게 렉시온을 은둔 중인 대마법사라고 소개했다.

하인들에게 입단속까지 부탁한 그는, 마지막으로 오늘 저녁에 떠나겠다 백작에게 통보했다.

"……상당히 갑작스럽군요. 얼마간 더 머무르신다 알고 있었습니다만."

가만히 경청하던 에크하르트 백작이 입을 열었다.

"이곳에 굳이 오래 머물 필요는 없어져서 말입니다. 그간 감사했습니다. 현장 조사 및 수습은 마무리 단계이니, 치안대와 백작님의 기사들에게 맡기면 문제없을 겁니다. 혹여 이상 징후를 발견하시거든 바로 연락 부탁드립니다."

"그렇게 하겠습니다."

백작이 정중하게 고개를 숙이자 라이오스 역시 묵례로 답했다.

라이오스는 아직 현장에 남아 있던 기사들을 성으로 불러 모으고 복귀 준비를 서둘렀다.

에크하르트 백작은 그저 묵묵히 물러서서 그들을, 정확히는 기사들 사이에 섞여 이것저것 참견해 대며 티격태격하는 아렌트를 가만히 지켜볼 뿐이었다.

그날 저녁.

채비를 끝낸 3기사단이 백작의 성 앞에 모였다.

라이오스는 그들을 배웅하러 나온 에크하르트 백작을 향해 마지막으로 인사를 건넸다.

"그간 감사했습니다. 다음에 기회가 있다면 뵙겠습니다."

"앞으로도 단장님의 건승을 바라겠습니다."

짧게 대답한 에크하르트 백작이 답지 않게 잠깐 망설였다.

라이오스는 그가 자신의 뒤에 선 아렌트를 보고 있다는 사실을 깨달았다.

늘 그렇듯 선배들과 시답잖은 말싸움을 하던 아렌트 역시 시선을 알아차리고는 고개를 돌렸다.

그와 눈을 마주친 에크하르트 백작이 먼저 입을 열었다.

"아렌트 경."

"……"

덤덤하게 부르는 호칭에 라이오스가 눈을 조금 크게 떴다.

아렌트 역시 살며시 미간을 찌푸렸다.
에크하르트 백작은 긴말하는 대신 담백하게 내뱉었다.
"무운을 빕니다."
"……."
짧지만 강렬한 한마디였다.
잡담을 나누던 기사들이 놀라 입을 꾹 다물었다.
눈을 휘둥그레 뜬 그들은 백작과 아렌트를 번갈아 보았다.
"쯧."
짜증스럽게 혀를 찬 아렌트가 삐딱하게 대꾸했다.
"부디 오래오래 살면서 개같이 고생하세요, 백작님."
그것이 끝이었다.
휙 돌아서는 아렌트의 뒷모습에서 미련 따위는 전혀 보이지 않았다.
에크하르트 백작은 더 이상 자신이 그의 삶에 결코 간섭할 수 없을 거란 사실을 깨달았다.

* * *

기사들은 황궁으로 돌아가는 척하다 평원으로 빠져나갔다.
인기척이 전혀 없는 곳까지 다다른 라이오스는 일행을 멈춰 세웠다.

"이쯤이면 될 것 같습니다만, 정말 괜찮으시겠습니까? 제법 인원이 많고, 말도 있습니다만."

"어처구니가 없네. 날 뭐로 보는 거지? 왕년에는 한 나라의 군대 전체도 옮기고 다녔어."

언짢게 투덜거린 렉시온은 기사들을 한자리에 모이게 하고는 곧장 마력을 운용했다.

"좀 어지러울지도 모른다."

불친절한 경고 뒤, 어마어마한 마력이 빛과 돌풍을 일으키며 일행을 집어삼켰다.

차마 놀랄 틈도 없었다.

저도 모르게 눈을 질끈 감았던 아렌트는 피부에 닿는 공기가 달라진 것을 깨닫고는 눈을 떴다.

"……!"

아렌트의 눈이 커졌다.

어느새 그들은 3기사단 생활관의 연무장 한가운데에 우뚝 서 있었다.

"우와……."

"……굉장하군."

여기저기에서 얼떨떨한 탄성이 터져 나왔다.

심지어는 라이오스조차 놀란 얼굴로 멀뚱히 눈만 끔뻑일 뿐이었다.

그들을 한심하게 보던 렉시온이 타박했다.

"멀뚱히 서 있지 말고 움직이기나 해. 그리 여유롭지는 않을 텐데?"

"아, 이런. 죄송합니다."

라이오스가 퍼뜩 정신을 차리고 지시를 내렸다.

"아렌트, 넌 일단 나랑 같이 전하께 가자. 렉시온 님도 동행 부탁드립니다. 너희들은 뒷정리부터 하고 있어라. 시종들이 놀라지 않게 잘 둘러대고."

"예, 알겠습니다."

단정하게 대답한 리히트가 후배들을 닦달하기 시작하는 것을 확인하고 세 사람은 생활관을 빠져나왔다.

다음으로 할 일은, 뒷목 잡는 황태자를 구경하는 거였다.

"······."

아니나 다를까, 황태자는 갑작스레 나타난 아렌트 일행을 보고서는 할 말을 잃어버린 것 같았다.

하지만 라이오스의 성의 가득한 보고와, 함께 있는 렉시온을 보고서는 어떻게든 납득하고 고개를 끄덕였다.

"그러니까…… 렉시온 님이시군요. 처음 뵙겠습니다. 연무장은 당연히 내어 드리겠습니다. 임시로 쓸 신분패도 마련해 드리지요. 다른 필요한 게 있으시다면 제 보좌관에게 말씀하시면 됩니다."

칸타레스는 침착하게 인사부터 건넸다.

그러자 렉시온이 의외라는 듯 눈썹을 휘었다.

"생각보다 당황 안 하는군."

황태자의 뒤에 선 보좌관 제레온 역시 애매한 미소를 지을 뿐, 당장 드래곤의 시중을 들라는 말에도 크게 당황한 기색은 없었다.

칸타레스가 담담하게 대답했다.

"렉시온 님도 경험하셨으리라 짐작합니다만, 옆에 서 있는 저 새끼, 아니, 아렌트 경의 존재만으로 대부분 상식 밖의 일은 어느 정도 설명할 수 있습니다."

그러나 칸타레스 역시 동요하는 마음을 완벽히 가다듬는 건 어려웠는지, 은근슬쩍 욕이 섞여 나왔다.

렉시온은 황태자를 향해 짠하다는 시선을 보냈다.

"고생이 많았겠군."

"전하께서 자초하신 거예요. 왜 내 탓을 하시지?"

가만히 듣던 아렌트가 밉살맞게 끼어들었다.

순간 칸타레스가 주먹을 꽉 쥐었지만, 이내 그는 초인적인 인내심을 발휘하고선 말머리를 돌려 버렸다.

"엘프 왕국에서 보낸 지원군이 도착했는데, 이렇게 모인 김에 잠깐 인사하는 게 좋겠군. 젠, 다녀와."

"알겠습니다."

고개를 꾸벅 숙인 젠이 집무실을 빠져나간 뒤 아렌트가 물었다.

"그러고 보니 그쪽은 어떻게 됐어요? 다른 왕국 설득하기 쉽지 않으시다더니."

"1왕국과 3왕국과의 합의는 일찍 끝났는데, 4왕국 쪽을 설득하는 게 어려웠다고 하시더군. 4왕국 대장로님은 출발 직전까지 합류를 거부했는데, 아티팩트 이야기를 듣곤 뒤늦게 전사들을 보내 주셨다더라."

4왕국은 엘프족 중에서도 특히나 폐쇄적인 곳으로, 흔히들 다크 엘프라고 부르는 그림자 종족 엘프들의 사회였다.

정신 나간 친화력을 가진 르웰린은 그쪽의 대장로와도 친분을 쌓았지만, 그조차도 정해진 구역에서만 돌아다닐 수 있었다고 했다.

아렌트가 살며시 인상을 찌푸렸다.

"그쪽에서 관심 가질 아티팩트라면…… 식지 않는 심장이요?"

"그래, 맞아. 4왕국의 협조를 얻는 데 도움이 될까 싶어서 알타이르 대장로님께 식지 않는 심장에 대해 말씀드렸거든. 끝까지 설득이 안 된다면 이걸 협상 카드로 내밀어 보시라고."

칸타레스는 고개를 끄덕여 긍정해 주었다.

"역시나 제법 혹했던 모양이더라고. 얼마 지나지 않아서 4왕국 쪽에서 식지 않는 심장을 연구하게 해 주면 합류하겠다고 뜻을 밝히더군. 그래서 나도 그 조건을 받아들였지."

식지 않는 심장은 사용자가 가진 상처나 병을 다른 사람에게 옮기는 것으로 사용자를 치료할 수 있는 아티팩트였다.

이전에 이 아티팩트의 효과가 루미엘이 다크 엘프의 주술과 흡사하다는 보고서를 건네준 적 있었는데, 아무래도 그 추측이 맞아떨어진 듯했다.

아렌트가 애매하게 눈썹을 휘었다.

"그걸로 설득이 됐다면 다행이긴 한데요."

"뭔가 사정이 있는 것 같던데, 아직 거기까지 캐묻지는 않았지. 이쪽도 막 도착한 참이니까."

때마침 똑똑, 바깥에서 노크가 들려왔다.

제레온이 돌아온 것이다.

그때 라이오스가 문득 입을 열었다.

"엘프족은 인간보다 몇 배나 마력에 민감하지 않습니까?"

"그건 그렇지. 그런데 그건 갑자기 왜?"

의아하게 묻는 칸타레스에게, 라이오스는 대답 대신 굉장히 꺼림칙한 얼굴로 렉시온을 바라보았다.

"……드래곤이 엮였다는 이야기는 이미 장로님들이 모인 자리에서 말씀드렸습니다만, 그래도 미리 언질을 드리는 편이 좋지 않겠습니까?"

"이제 와서 뭘요. 그쪽도 익숙해지라 그래요. 설마 대장로님처럼 거품 물고 뒤로 넘어가지는 않겠죠."

아렌트가 태연하게 어깨를 으쓱했다.

잠깐 입을 꾹 다물고 있던 칸타레스는 마지막 희망을

담아 렉시온에게 물었다.

"렉시온 님은 괜찮으십니까? 이대로 계시면 엘프들과 마주치게 되실 겁니다만."

"딱히 내키진 않지만…… 생각해 봐, 황태자."

렉시온이 인상을 구기며 대꾸했다.

"난 지금부터 본체로 돌아가서 회복기를 가져야 하는데…… 본체 모습으로는 아무리 존재감을 숨겨도 엘프는 기척을 느낄걸. 밤새도록 엘프들을 악몽에 시달리게 만들고 싶지 않으면 지금 통보해 두는 게 좋을 거야."

지금도 이미 밖에서 불길함을 감지했을지도 몰랐다.

칸타레스는 이마를 짚고 한숨을 푹 내쉬었다.

"……아렌트. 이제 와서 하기도 웃긴 말이지만, 다른 나라의 왕자든 드래곤이든 황궁 안으로 들일 거면 제발 미리 언질이라도 주면 안 되겠냐? 이게 지금 몇 번째야!"

렉시온을 의식해 최대한 침착하려 노력한 그였지만 결국 평소처럼 언성이 높아지고 말았다.

"뭐야. 이미 포기하신 거 아니었어요?"

"이게 쉽게 포기가 되는 문제냐?"

아렌트가 시큰둥하게 대꾸하는 말에 칸타레스가 신경질을 터뜨렸다.

"나는 이제 네가 어디 나갔다가 복귀한다는 말만 들으면 심장이 뛸 지경이라고! 또 어디서 뭘 하고 왔을지 감도 안 잡혀서!"

"심장은 원래 뜁니다. 안 뛰면 큰일 나는 거잖아요. 그러니 저한테 감사하세요."

두 사람이 옥신각신하는 사이, 바깥에서 기다리다 못한 제레온이 슬그머니 문을 열고 고개만 빼꼼 열었다.

"전하, 말씀하신 대로 전사 여러분을 모시고 왔……."

하지만 그것도 잠시.

탁.

안쪽 상황을 확인한 제레온이 빠른 속도로 문을 닫았다.

엘프들에게 황태자의 추태를 보일 수 없었던 보좌관의 빠른 판단이었다.

라이오스가 한숨을 내쉬며 고개를 절레절레 내저었다.

그리고 그 꼴을 어처구니없이 지켜보던 렉시온이 중얼거렸다.

"……살다 살다 별꼴을 다 보는군."

이 긴 생 중에, 설마 황태자와 견습 기사가 드잡이하는 걸 구경할 거라고는 단 한 번도 생각해 보지 못한 그였다.

칸타레스가 진정할 때까지는 약간의 시간이 필요했다.

하지만 집무실 안으로 들어온 엘프 왕국의 대표들이 렉시온을 대면한 뒤 보인 반응에 비하면 아무것도 아니었다.

"그, 진짜, 그……."

"드래곤이냐고요?"

입을 쩍 벌린 채 더듬대는 자카르를 위해, 아렌트가 친절히 뒷말을 이어 주었다.

드래곤이라는 단어를 들은 자카르의 낯빛이 더욱 파리해졌다.

그나마 목소리를 입 밖으로 낸 자카르는 상태가 조금 나은 편이었다.

나머지 세 사람은 서리 어린 손길에 당한 것처럼 그대로 얼어붙어 있었으니까.

팔짱을 끼고 엘프들을 구경하던 렉시온이 천천히 고개를 끄덕였다.

"그렇지, 이게 정상이지. 용건 있으면 알아서 찾아오라면서 협박하거나 죽일 테면 죽여 보라고 드러눕는 게 아니라."

"누구 이야긴지 잘 모르겠네요, 전."

"……."

뻔뻔하게 말하는 아렌트에게 드래곤과 황태자, 기사단장, 심지어는 황태자의 보좌관마저 힐난의 시선을 보냈다.

그러거나 말거나, 아렌트는 아직도 넋을 놓은 엘프들을 향해 말을 건넸다.

"일단은, 자카르 교관님. 그리고 처음 보는 여러분."

엘프들의 주의를 끌기에는 딱 그 한마디면 충분했다.

방의 모든 존재들이 자신을 쳐다보는 와중, 아렌트가 손가락 하나를 세웠다.

"드래곤님의 존안을 만나 뵈어 영광입니다, 어쩌고 하면서 온갖 찬사 터뜨리는 것 금집니다."

"……."

건방지기 짝이 없는 견습 기사가 손가락을 하나씩 꼽아가며 말을 이었다.

"무릎 꿇는 것도 금지, 루체 신이든 네레이스 신이든 본인이 따르는 신한테 기도하는 것도 금지. 그런 건 나중에 따로 하세요. 시간 낭비하고 싶지도 않고, 썩 구경하기 좋은 모습도 아닐 것 같거든요."

속내를 고스란히 들킨 엘프들이 흠칫했다.

아렌트가 무심하게 덧붙였다.

"뭐, 위대한 존재는 맞지만. 적어도 지금은 나이 많고 엄청 강하고 성질이 굉장히 더러운 조력자 정도로 해 두죠. 그편이 더 효율적일 것 같지 않습니까?"

"적어도 너한테는 성질 더럽단 소리 듣고 싶지 않다만. 그리고 누구 마음대로 조력자야?"

렉시온이 어처구니없이 쏘아붙인 말도 자연스레 무시당했다.

골치가 아파진 칸타레스가 한숨을 푹 내쉬고 입을 열었다.

"하아…… 죄송합니다. 갑작스럽지만 렉시온 님께서 당분간 황궁에 머물게 되셨습니다. 라이오스 단장도 마침 복귀했으니, 미리 안면을 익혀 두는 편이 나을 듯해 잠시 모신 겁니다."

너무 놀라지 말라고 덧붙일까 잠깐 고민했지만 이미 기겁한 사람들에게는 무의미할 듯 해 그만두었다.

한참 만에 자카르가 가장 먼저 정신을 차리고 고개를 끄덕였다.

"……예, 이해했습니다. 일단은요."

"조금 당황스럽지만 괜찮습니다. 세상에, 드래곤 님을 이런 식으로 뵙다니."

자카르 곁에 서 있던 차분한 인상의 여성 엘프 역시 당혹스러움을 애써 감추며 대답했다.

아렌트는 어렵잖게 그녀를 알아볼 수 있었다.

르웰린이 미리 자료를 넘겨준 덕분이었다.

안개숲 종족과 마찬가지로 화사한 금발을 지녔지만 그녀의 눈동자는 깊고 심유한 푸른색이었다.

깊은 바닷속에 잠긴 빙하와 비슷한 빛을 띤 벽안은 1왕국 은빛 호수 종족의 상징이었다.

'1왕국 은빛 호수 친위대 소속의 고문 겸 마법사였던가.'

이름은 셰키나.

전투 마법보다는 후방에서 유용한 보호 마법이나 치료 마법을 익힌 엘프였다.

그렇다고 전투력을 무시할 수는 없다고, 르웰린은 그렇게 덧붙였다.

아렌트는 나머지 두 엘프 쪽으로 시선을 옮겼다.

한 명은 켄드릭만큼 키가 큰 남자였다.

'그리고 이쪽이 라그날드.'

그는 3왕국 친위대의 부대장이었다.

매끄럽게 떨어지는 회색 머리칼과 은색 눈동자, 그리고 푸르스름할 정도로 흰 피부는 3왕국, 자작나무숲 종족의 특징이었다.

서늘하게 가라앉은 눈매가 얼핏 차가워 보였지만, 의외로 마음이 여린 사람이라며 르웰린이 그렇게 덧붙여 주던 게 떠올랐다.

'마지막으로 저 녀석은…….'

아렌트의 시선이 로브를 푹 뒤집어쓴 엘프 쪽에 가 닿았다.

로브 때문에 얼굴을 제대로 알아볼 수 없었지만, 아마 이쪽이 그림자 종족 엘프에서 파견된 대표인 듯했다.

작은 체구와 푹 눌러쓴 로브 아래에 보이는 앳된 턱선으로 봐서 아직 성년이 채 되지 않은 나이라 추측할 뿐이었다.

'르웰린이 알려 준 유력자들 중에서 이렇게 어린애는 없었는데.'

잠시 딴생각에 잠겨 있자니 자카르가 문득 중얼거리는 목소리가 들려왔다.

"그러고 보니 협박이라는 단어를 들은 것 같은데."

"아까도 말했다시피 전 그런 적 없어요. 그냥 지성체 생물로서 동등한 위치에서 대화를 좀 나눠 보자고 했을 뿐이지."

아렌트가 어깨를 으쓱하자 자카르는 완전히 할 말을 잃어버리고 말았다.

다른 엘프들 역시 마찬가지였다.

어째 상황이 점점 더 악화되는 것만 같은 기분에 칸타레스는 얼굴을 한번 쓸어내렸다.

"일단 렉시온 님은 제국의 손님이라고 생각해 주십시오. 사정 설명은 나중에 해 드리겠습니다. 그리고 저 자식, 아니, 아렌트 경은 그냥 원래 저런 놈이니 신경 쓰지 않으셔도 됩니다."

"……괜찮습니다. 오는 길에 이미 자카르 님께 들었습니다. 성격이 상당히 특이하니 당황하지 말라고 몇 번이나 말씀하시더니, 이런 이유에서였군요."

멍하니 있던 셰키나가 애매하게 미소 지으며 대답했다.

라그날드와 어린 엘프 역시 묵묵히 고개를 끄덕였다.

그제야 안도의 한숨을 내쉰 칸타레스가 화제를 바꿨다.

"소개해 드리겠습니다. 저쪽은 황실 제3기사단의 라이오스 드 윈프리드 단장입니다. 그리고 이쪽은 1왕국의 셰키나 님, 3왕국의 라그날드 님. 그리고 4왕국의 세일럼 님."

라이오스와 엘프들이 서로 가볍게 고개를 까닥 숙여 인사를 나눴다.

아렌트는 어린 엘프 소년, 세일럼의 이름까지 머릿속에 넣고는 다시 일행을 둘러보았다.

네 왕국의 엘프들이 모두 모인 데다 드래곤까지 있었다.

지나치게 호화로운 캐스팅이었다.

'성검의 푸른 기사'에서 엘프 지원군은 대부분 자카르가 이끄는 2왕국 출신이었다.

자카르 휘하에서 움직이던 엘프 전사들 중에서는 다른 왕국 출신들도 있긴 했다.

하지만 각 종족의 유력자들이 한자리에 모인 적은 단 한 번도 없었다.

'개고생한 보람은 있네.'

한 명 한 명이 다 자카르와 비슷한 실력자일 테니, 이 자리에 모인 네 명만으로도 충분한 전력이었다.

게다가 렉시온이 앞으로도 니케포르를 집중적으로 견제할 테니, 이 정도면 라이오스 혼자 강한 적들을 상대로 허덕일 일은 없을 것 같았다.

마침 비슷한 생각을 하고 있었던지, 셰키나 역시 입을 열었다.

"신성제국으로 향할 때부터 느낀 거였지만, 정말…… 역사적인 순간이군요. 엘프 왕국 안에서도 이렇게 모이는 것은 굉장히 드문 일입니다. 게다가 드래곤 님까지 신성제국에 계신다니……."

"이것이 다 황태자 전하의 인덕 덕분이겠지요. 악신 무리를 처단하는 일에 함께할 수 있게 되어 기쁩니다."

라그날드까지 무거운 입을 떼자 가만히 있던 세일럼 역시 얼른 고개를 끄덕였다.

"저 역시 그리 생각합니다."

아직 앳된 목소리가 로브 아래에서 흘러나왔다.

상당히 훈훈한 말들이었지만, 그래도 양심이라는 게 있는 칸타레스와 라이오스는 거기에 대고 선뜻 악신교를 함께 물리치자며 당당히 대답할 수가 없었다.

사실상 그런 좋은 그림으로 맺어진 동맹은 아니었으니까.

"한 가지만 여쭤봐도 됩니까?"

가만히 듣던 아렌트가 툭 내뱉었다.

"2왕국에서 벌어졌던 일에 대해서는 전해 들으셨어요?"

"물론입니다. 정령석을 반환하러 오신 신성제국의 기사 여러분들이 안개숲 종족에 있던 첩자까지 잡아 주셨다지요. 알타이르 대장로님께서 그 점에 크게 감사하시고 계십니다."

셰키나가 진지하게 대답했다.

"심지어는 정령석을 훔쳐 달아난 엘프에 대해서도 왕국에 책임을 묻지 않으셨다고 들었습니다. 그저 협력만을 말씀하셨다고 말입니다. 라이오스 단장님과 신성제국의 황제 폐하, 그리고 황태자 전하의 인품에 저희 대장로 님께서도 찬탄하셨습니다."

"아아."

아렌트가 힐끗 자카르 쪽을 보자, 그는 슬그머니 시선을 피해 버렸다.

"……뭐, 적당히 잘 포장하셨네요."

그 사이에 오간 협박과 온갖 술수와 추태는 적당히 덮어 둔 모양이었다.

"포장?"

"신경 쓰지 마세요. 혼잣말이니까."

라그날드가 눈썹을 구기며 의아하게 묻는 말에 아렌트는 손을 휘휘 내저어 주었다.

'괜찮은 선택이지.'

시비야 저쪽에서 먼저 걸었다지만 기사단과 알타이르는 서로에게 온갖 권모술수와 모략을 펼치는 추태를 보였다.

그걸 곧이곧대로 다른 왕국에 알렸다가는 칼리온 제국도, 알타이르 대장로도 상당히 곤란해질 터였다.

대신 알타이르는 기사단에게 은혜를 입었으니 루체와 네레이스의 이름으로 악신을 처단하는 데 함께해야 한다며 감정에 호소하는 방향을 선택한 듯했다.

"라이오스 단장이 이번 출정에서 정령석 두 개를 마저 회수해 왔습니다."

아렌트의 입에서 괜한 소리가 나오기 전 칸타레스가 급하게 화제를 돌렸다.

다행히 엘프들의 관심이 그쪽으로 돌아갔다.

"그거 다행이군요. 태어나기도 전에 강제로 자아가 깨어나게 되었으니 그들도 괴로웠을 테지요."

셰키나가 가슴을 쓸어내리며 하는 말에 라이오스가 답했다.

"힘을 많이 잃은 상태이지만 크게 상한 곳은 없어 보였습니다. 이대로 안개숲 종족에 반환하겠습니다. 왕국으로 보내기 전까지는 당분간 자카르 교관님이 맡아 주십시오."

"예, 물론 그러겠습니다."

자카르가 기다렸다는 듯 고개를 끄덕이자 라이오스가 눈짓으로 감사 인사를 대신 건넸다.

"그리고 한 가지 더 부탁드리고 싶은 것이 있습니다. 적이 모조 정령석을 생산하기 시작했는데, 네 분이 그쪽도 한번 살펴봐 주시면 합니다."

세일림이 기어들어 가는 목소리로 중얼거렸다.

"모조 정령석이라니…… 전해 듣긴 했지만 그게 사실이었군요."

세일림을 힐끗 본 아렌트가 어깨를 으쓱했다.

"복귀하기 전에 슈타들러 백작님께도 연락드렸어요. 렉시온 님이랑 같이 돌아가니, 모조 정령석을 가지고 황궁으로 와 달라고. 그렇잖아도 렉시온 님한테 한번 보여 드릴 생각이었거든요."

"잠깐. 거기서 나는 갑자기 왜 나오지?"

"아무래도 저쪽 드래곤이 장난질을 좀 쳐 놓은 것 같더라고요. 우리 쪽에서 분석할 수 없도록."

렉시온이 한쪽 눈썹을 치켜뜨자 아렌트가 시큰둥하게 답했다.

"렉시온 님이라면 해제하실 수 있을 것 같은데. 이왕 머물게 되신 거 협조 좀 하시죠? 어차피 연무장을 비우고 주변을 통제하는 데 하루는 걸릴 테니까요."

"아무리 봐도 부탁하는 놈의 태도가 아닌데? 적어도 공손한 척이라도 할 수 없나?"

"엎드려 절 받기가 취미십니까? 고상한 분들의 취향은 이해할 수가 없네요."

눈앞에서 벌어지는 어마어마한 불경에 엘프들의 낯빛이 창백하게 질렸다.

결국 옥신각신하는 것도 귀찮아진 렉시온이 머리칼을 쓸어 올리며 신경질적으로 쏘아붙였다.

"진짜 짜증 나는 꼬맹이 같으니. 알았어. 봐주면 될 거 아냐."

"진작 그러실 것이지."

만족스럽게 고개를 끄덕인 아렌트가 다시 엘프들 쪽을 보았다.

그와 눈을 마주친 엘프들이 흠칫하자 아렌트가 눈썹을 휘었다.

"이상하네. 저 아직 아무 말도 안 했습니다만, 왜 길에서 미친개라도 마주친 것 같은 표정들이시죠?"

그걸 몰라서 묻냐는 말이 목 끝까지 치고 올라왔지만, 셰키나는 애써 침착하게 대답했다.

"아무것도 아닙니다. 왜 그러십니까?"

"아뇨, 딱히 할 말이 있어서 쳐다본 건 아닌데요."

아렌트는 무심한 눈으로 세일럼 쪽을 보았다.

세일럼은 움츠러드는 모습을 보이고 싶지 않은지 작은 체구를 더욱 꼿꼿이 세웠다.

그에게서 자연스럽게 눈을 뗀 아렌트가 짧게 덧붙였다.

"그냥, 잘 부탁드린다고요."

* * *

다음 날. 슈타들러 백작이 아침 일찍 황궁에 도착했다는 소식이 날아들었다.

황궁 한쪽에 마련된 백작의 전용 연구실에 엘프들과 드래곤, 그리고 아렌트와 라이오스가 집합했다.

"드디어 이런 날이 오는군요. 얼마나 기다렸는지 모릅니다!"

슈타들러 백작은 잔뜩 흥분해 있었다.

엘프들과 드래곤에게 둘러싸였는데도, 모조 정령석의 실체를 알아낼 수 있다는 생각에 사로잡힌 슈타들러 백작은 지나치게 들뜬 나머지 호화로운 주변조차 제대로 보이지 않는 것 같았다.

"오늘도 좋아 보이시네요, 백작님."

"······진심인가?"

아렌트가 가볍게 내뱉은 말에 라이오스는 저도 모르게 그리 되묻고 말았다.

렉시온과 엘프들 역시 비슷한 심정인 듯 질린 눈으로 아렌트를 돌아보았다.

눈 아래가 시커메진 채 콧노래까지 부르며 직접 표본과 실험 도구를 옮겨 대는 백작은 누가 봐도 제정신은 아니었다.

하지만 백작은 마냥 즐거워 보였다.

"그럼요. 좋을 수밖에요. 이 친구를 붙잡고 조수들과 함께 도대체 몇 날 며칠 밤을 새웠는지 모릅니다! 드디어 제대로 된 분석을 할 수 있다니, 정말 꿈만 같습니다."

"행복하시다니 다행이네요. 저도 뿌듯해요."

진심으로 만족스럽게 고개를 끄덕이는 견습 기사를 심란하게 보던 라이오스는 그냥 짧게 한숨을 내쉬어 버렸다.

제왕의 기질을 가졌다며 모두가 칭송하는 황태자까지 추태를 보이게 만드는 견습 기사인데, 그가 지금 와서 뭘 어찌할 수 있을 리는 없었다.

잠시 후, 백작이 책상 위에 모조 정령석과 일전에 회수한 '기적의 병사' 일부를 꺼내 놓았다.

상자가 열리자 모조 정령석의 불길한 핏빛 표면이 모습을 드러냈다.

"정령석에 걸려 있던 이런저런 마법은 모두 해제했습니다. 도청 마법과 정령석을 파괴하려 충격을 가하면 대규모의 폭발을 일으키는 마법까지 걸려 있었습니다. 토벌에 나선 기사 분들이 이것을 부수는 순간, 폭발에 휘말리게 할 요량이었던 듯합니다."

슈타들러 백작의 설명을 들으며 엘프들은 붉은빛을 내는 모조 정령석을 들여다보았다.

세일럼이 신음처럼 중얼거렸다.

"파장은 확실히 그냥 정령석과 비슷합니다만…… 풍기는 기운은 전혀 다르네요. 꼭 시체 썩는 냄새가 나는 것 같아요."

"하지만 딱 거기까지군. 흘러나오는 마력이 불길하다는 것까지는 알겠지만 핵심적인 부분은 숨겨져 있어."

라그날드 역시 인상을 찌푸리며 맞장구쳤다.

그러자 아렌트가 한쪽에 물러서 있던 렉시온을 향해 말했다.

"렉시온 님, 부탁드려요."

"아주 그냥 대놓고 부려 먹는군."

한마디 투덜거린 렉시온이 모조 정령석을 향해 손을 뻗었다.

일행은 잔뜩 긴장한 채 그의 움직임을 가만히 지켜보았다.

특히 슈타들러 백작은 차마 숨을 크게 쉴 생각도 못 하는 것 같았다.

잠시 모조 정령석의 기운에 집중하던 렉시온이 입을 열었다.

"······자작나무 엘프의 말대로 교란 마법이 섞여 있어. 기존의 마력에 교묘하게 다른 성질의 마력을 섞은 거야. 인간이나 엘프 따위가 본질을 파악하는 건 불가능하겠군. 완전히 걷어 내는 건 나라도 불가능해."

"그렇······ 습니까?"

슈타들러 백작이 노골적으로 실망하며 어깨를 늘어뜨리자 렉시온이 인상을 찌푸렸다.

"걷어 내는 게 불가능하다는 거지, 분석하는 건 얼마든지 할 수 있다. 나를 뭘로 보는 거지?"

"그게 정말입니까?"

단박에 백작의 눈에 생기가 돌아왔다.

엘프들 역시 낯에 이채를 띠며 기대하는 얼굴로 렉시온을 보았다.

렉시온은 눈을 감고 더욱 마력에 집중했다.

"시체 썩는 냄새라······ 그림자 엘프 꼬마의 말이 정확해.

정령석은 오랜 세월 동안 자연의 생명력이 퇴적되며 태어나지. 그걸 흉내 내려고 짐승들의 생명력을 갈아 넣었어."

"······!"

엘프들이 얼굴을 딱딱하게 굳히는 와중, 아렌트가 물었다.

"동물만요? 몬스터나 구울은요?"

"구울은 안 돼. 애초에 생명력이 없으니까. 몬스터는 가능하겠군. 듣자 하니 이미 온갖 몬스터를 합친 키메라를 만들어 냈다면서? 그 기술을 활용하면 충분히 가능해."

눈을 감은 채 렉시온이 눈살을 찌푸렸다.

"생명력은 몬스터와 동물로 충당하고, 정령석의 핵이 되는 자아는 아마 인간을 재료로 쓴 것 같은데…… 하긴, 그만한 수의 인간을 갈아 넣기도 한계가 있지. 이 정도 생명력을 모으려면 오크 150마리는 짜내야 해."

눈앞이 아찔해질 정도의 숫자였다.

게다가 이걸 만들어 내기 위해 실험체로 쓰인 목숨들까지 생각하면 그 수는 수십 배로 뛸지도 몰랐다.

렉시온 역시 속이 조금 안 좋아졌는지 손을 거두고 눈을 떴다.

"간단히 말하자면, 살아 있는 것들의 생명력을 짜내서 이 작은 돌 안에 박아 넣은 뒤 거기에 인간의 자아를 이식한 거다. 정신 나간 물건이군."

"어떻게 그런 짓을……."

세키나가 신음처럼 중얼거렸다.

이것의 실체를 밝혀내려 혈안이 되어 있던 슈타들러 백작 역시 할 말을 잃어버린 것 같았다.

모두가 침묵하는 가운데 아렌트가 먼저 운을 뗐다.

"……호숫가 레어에서 사람들을 상대로 하던 실험은 역시 인간의 자아를 빼낼 방법을 알아내기 위한 거였네요. 모조 정령석에 들어간 자아는 아마 체르니온 교의 신자겠죠? 멀쩡한 사람의 자아를 강제로 억압하는데 한계가 있다는 건 이미 진짜 정령석으로 확인했을 테니."

두려움이나 공포심을 므네모시네의 숨결을 이용해 제거당한 신도들은 그야말로 안성맞춤인 재료였다.

미간을 살짝 구긴 아렌트가 말을 이었다.

"정령석이 되는 과정에서 지능은 현저히 떨어지는 것 같고. 아니다, 이 문제는 어쩌면 이미 해결했을지도 모르겠네요. 지능과 자아가 있는 구울을 만들어 내는 데도 성공했으니까."

걸어 다니는 시체, 온전한 지능과 구울의 죽지 않는 신체를 가졌던 첫 번째 기적의 병사…… 기사들이 살아 있는 구울이라 명명했던 크로우. 온갖 짐승과 몬스터가 뒤섞인 형태의 괴물들까지.

진의 연구는 그런 식으로 차근차근 단계를 밟아 완성된 것이다.

"그렇다면 다음으로 나타날 건 온전한 자아와 지능까지 갖춘 호문쿨루스겠네요. 어쩌면 괴물 형태조차 아닐지도 몰라요. 평범한 인간인 척하다가 갑자기 본색을 드러내는 것도 가능할 테고."

태연한 어조였지만 그 안에 담긴 뜻은 그렇지 않았다. 듣다 못한 셰키나가 착잡하게 말했다.

"……아렌트 경은 지나치게 태연하군요."

"어쩌겠어요. 이미 벌어진 일인 거. 끔찍하다며 치를 떨어 봤자 해결되는 건 아무것도 없어요."

하지만 돌아온 말은 무심한 대꾸뿐이었다.

아렌트가 라이오스를 향해 말했다.

"1, 2기사단 쪽에도 전달하죠. 주의하라고. 어디에서 뭐가 튀어나올지 알 수 없게 되었으니까요."

"그러지. 그리고 모조 정령석을 함부로 파괴해선 안 된다는 말도 전해야겠군. 자칫 대형 사고로 이어질 수도 있을 테니."

고개를 끄덕인 라이오스가 엘프들에게 설명했다.

"그리고 이번 평원 전투에 나타났던 구울들 말입니다만, 다른 곳에 출몰한 개체들보다 재생력이 훨씬 좋았습니다. 게다가 다른 개체의 잘려 나간 신체 일부를 자신의 상처에 덧붙여 재생하기도 했습니다. 머리와 심장을 노리는 수법만으로는 이제 상대할 수 없습니다.

"그렇다면 어떻게 처리해야 합니까?"

라그날드의 질문에 아렌트가 답을 내주었다.

"완전히 산산조각 내니 더 이상 재생하지 못하더라고요. 보아하니 선배들은 검을 찔러 넣은 뒤에 검기를 폭발시켜서 몸을 아예 터뜨려 버리는 걸로 상대하는 것 같던데. 하지만 그건 마력 소모가 너무 심하죠. 아무나 할 수 있는 것도 아니고. 불로 태우거나 얼려 버리는 방법도 있긴 합니다."

거기까지 말한 아렌트가 어깨를 으쓱했다.

"치안대나 일반 병사들, 그리고 지방 영지들의 어지간한 기사들로는 상대할 수 없을 거예요. 여차하면 놈들 머리 위에 기름을 쏟아부은 뒤 불이라도 놓고 도망칠 구석부터 마련해 두는 게 나을걸요."

라그날드가 얼굴을 딱딱하게 굳혔다.

"적을 앞에 두고 도망치는 건 수치……."

"체면 지키고 다 뒈지는 것보다는 낫지 않을까요?"

하지만 그의 말은 채 끝까지 이어지지 못했다.

아렌트에게 말허리를 잘린 라그날드가 얼굴을 와락 찌푸렸다.

"말버릇이 나쁘군, 아렌트 경."

"원래 그렇게 생겨 먹었습니다, 라그날드 님. 괜히 만용 부려서 상대도 안 되는 적들 바짓가랑이만 끝까지 물고 늘어지는 게 무슨 소용이 있어요?"

이제는 셰키나의 표정도 점차 굳어 가고 있었다.

하지만 아렌트의 화법에 익숙한 라이오스는 말뜻을 제대로 이해한 듯했다.

"치고 빠지는 전략을 사용해야 한다는 거군. 어차피 마력을 사용하지 못하는 이들은 구울을 제대로 상대할 수 없으니 괜한 피해만 늘겠지."

"네, 그러니 할 수 있는 사람들이 최대한 빠르고 확실하게 놈들을 처단해야죠."

"일반 병력은 최대한 구울과 접촉하지 못하도록 해야겠군. 그러려면 안전한 곳에 미리 거점과 단단한 방벽을 마련해야 해. 시간을 벌 수 있도록. 화공도 넉넉히 준비해야겠군."

라이오스가 고개를 끄덕이자 아렌트가 덧붙였다.

"정보망은 충분히 퍼뜨려 뒀고, 경계 지역에는 병사들이 나가 있을 테니 갑자기 허를 찔리는 일은 어느 정도 예방할 수 있을 겁니다."

"그렇다면 보고를 받자마자 바로 출격할 수 있도록 해야겠군. 구울이나 호문쿨루스가 출몰하면 최대한 빨리 대처할 수 있도록."

"황궁 외부에 본부를 만들어 두는 것도 좋겠네요. 어느 지역이든 최대한 빨리 이동해 합류할 수 있도록."

주거니 받거니 하는 견습 기사와 기사단장을, 엘프들이 아연실색해 지켜보았다.

단장과 견습이 동등한 관계에서 의견을 주고받는다는

것은 그들로서는 상상도 못 할 일이었으니까.

아렌트가 말을 이었다.

"출몰한 적의 수준을 빠르게 파악하고 적재적소에 맞는 인원을 보내야지, 괜히 인해 전술을 펼치면 사람만 죽어 나가요. 그러니까……."

황금색 눈동자가 힐끗 엘프들을 보았다.

"부하들이 시체 되는 꼴 보고 싶지 않으시면 적 앞에서 괜한 만용 부리지 말라고 꼭 전해 두세요."

무심하지만 유난히도 선명한 목소리가 백작의 연구실을 채웠다.

"물론 매번 도망치는 게 불가능하다는 건 저도 압니다. 하지만 무식하게 목숨을 불사른다고 해서 무조건 이길 수 있는 것도 아니잖아요?"

"……."

"부하들이 비운 자리는 본인들이 앞장서서 메우시고. 그래도 부하들보다야 여러분이 살아남을 확률이 높을 테니까. 도망치는 게 싫다면 강한 사람이 제일 빡세게 구르세요."

"……."

아무도 선뜻 대꾸하지 못했다.

아렌트의 말 한마디 한마디는 전사로서의 자존심을 긁고 있었다.

그러나 틀렸다고 지적할 수도 없는 것이, 일단은 목숨

을 제일 우선시하라는 뜻이기 때문이었다.

얼굴을 굳힌 엘프들을 보며 아렌트는 상념에 잠겼다.

'성검의 푸른 기사'에서는 강한 적이 나타나면 언제나 라이오스가 가장 전방에 나서서 맞서 싸웠다.

그러나 주인공이 등장할 때까지 숱한 기사들이 적을 물고 늘어지다 목숨을 잃어야 했다.

어차피 라이오스가 독박을 쓸 일이었다면 굳이 불나방처럼 달려들 필요가 없지 않냐고, 몇 번이고 소설을 되짚어 읽으며 답답해했던 그였다.

적의 발목을 잡을 방법은 정면 승부를 벌이는 것 이외에도 얼마든지 있으니까.

'그때는 적을 감당할 수 있는 게 라이오스 단장뿐이었지만.'

지금은 아니었다.

최전선에 나설 수 있는 사람이 늘었으니 인원을 분산해서 적을 상대하는 것도 가능했다.

아까와는 조금 다른 의미로 침묵이 흘렀다.

아렌트를 물끄러미 보던 라이오스가 운을 뗐다.

"아렌트."

"왜요."

"너보다는 내가 훨씬 강하다."

뜬금없다 못해, 겸손한 라이오스답지 않은 대사였다.

의아해진 아렌트가 눈가를 살며시 찌푸렸다.

"자랑하십니까?"

빈정거림을 한껏 담은 물음에도 라이오스는 침착하게 대꾸했다.

"그래. 그러니 너도 괜히 만용 부리지 말라는 뜻이다."

"그럼 선배들을 좀 더 빡세게 굴리시든가요. 단장님 혼자만 강하면 뭐 해요? 선배들이 둔하기 짝이 없는데."

아렌트가 불퉁하게 대답하는 그 순간, 라이오스의 눈이 반짝였다.

"그러는 게 좋겠군. 겸사겸사 너도 좀 더 단련하자. 아직 출격까지는 시간이 다소 남았으니까."

순간 아렌트의 입에서 얼빠진 소리가 튀어나왔다.

"네?"

하지만 라이오스는 더 이상 아무 말도 하지 않았다.

렉시온이 혀를 쯧쯧 찼다.

"제 무덤을 팠군."

"……."

아렌트의 얼굴이 착잡해졌다.

3기사단의 머리맡에 죽음의 그림자가 드리우는 순간이었다.

* * *

"로저 님."

한 남자가 조심스럽게 부르는 목소리에 로저가 눈을 떴다.

딱딱한 얼굴에 걱정을 담은 측근, 아인이 시야에 들어왔다.

로저와 눈이 마주치자 그가 담담하게 말했다.

"피로해 보이십니다."

"문제없다. 신경 쓰지 말도록."

로저는 벽에 기댔던 등을 떼고 자세를 바로잡았다.

"준비는?"

"갑자기 계획이 바뀌는 바람에 제법 시간이 걸리긴 했습니다만, 차질 없이 마무리 작업에 접어들었습니다."

기다렸다는 듯 아인이 보고했다.

로저는 그에게 가볍게 고개를 끄덕여 주었다.

"훌륭하군. 진은?"

"진 님 쪽도 순조로운 듯합니다. 니케포르 님은 진 님 쪽에서 당분간 휴식하시겠다 말씀하셨습니다."

거기까지 말한 아인이 잠깐 뜸을 들이다 덧붙였다.

"다만 저쪽이 낌새를 알아차렸다는 것이 저는 다소 불안합니다."

"그건 어쩔 수 없는 일이지. 또 다른 드래곤께서 저쪽에 합류하실 줄은 예상치 못했으니."

로저가 담담하게 대답했다.

그렇다고 해서 속마저 마냥 평화로운 것은 아니었다.

'어처구니가 없군.'

설마 드래곤까지 끌어들일 줄이야.

새하얀 달빛을 닮은 견습 기사를 떠올린 로저는 새삼 관자놀이를 꾹꾹 짚었다.

렉시온의 존재를 인지한 지는 제법 오래되었다.

언젠가 니케포르가 한 차례 언급한 적도 있었으니까.

로저는 몇 년 전 니케포르와 나눈 대화를 떠올렸다.

"이 땅에 남은 드래곤들 중 경계해야 할 존재가 있다면, 딱 한 녀석뿐이지. 다른 친구들은 이미 지난 전쟁으로 넌덜머리를 내면서 아예 발을 빼 버렸거든. 하지만 그 애는 쉽게 물러서지 않을 거야."

렉시온.

어둠의 마력을 지닌 그는 과거 대전쟁에서 영웅 칸을 돕던 자였다.

빛의 진영에서는 환영받지 못할 마력 특성 때문에 인간 마법사로 정체를 숨기고 있었다고 했다.

심지어는 영웅 칸도 그의 정체를 몰랐을지도 모른다며, 니케포르는 그렇게 덧붙였다.

"그래도 크게 의식하지는 않아도 될 거야. 전쟁이 끝나기 전에 수면기에 들었거든. 아직은 깨어나지 않은 것 같으니. 게다가 밖으로 나서는 걸 그리 좋아하지 않는 녀석이라…… 예전에는 무슨 변덕이었는지 모르겠지만. 아마 칸이 마음에 들었던 거겠지."

 영웅 칸은 이미 이 땅에 없으니, 렉시온 역시 새삼 전쟁에 끼어들 이유는 없었다.
 무엇보다 그는 전쟁 막바지에 큰 부상을 입고 강제로 수면기에 들었다고 했으니까.
 하지만 아무래도 오산이었던 듯했다.
 네펠레 왕국에 나타났다는 말을 들었을 때만 해도 그가 칼리온 제국에 터를 잡을 거라고는 예상치 못했다.
 '무엇보다 그때는 니케포르 님께서도 휴식 중이셨으니…….'
 대응할 방법이 없었던 것도 사실이었다.
 설마 그러는 사이 맹랑한 견습 기사가 렉시온을 구워삶을 줄은 몰랐지만.
 '역시 그때 죽였어야 했다.'
 진의 목숨을 구하기 위해 아렌트를 처단하는 것을 포기했지만, 그조차도 실수였을지 모른다는 생각이 들었다.
 어쩌면 진을 포기하고서라도 그를 처리하는 게 옳았을지도 몰랐다.
 아렌트 폰 에크하르트는 그 정도로 위험했다.
 어디로 튈지 예상할 수 없다는 점에서 더욱 그랬다.
 '최소한 서부 평원에서라도 죽였어야 하는데.'

하지만 그는 보란 듯이 살아남았다.

니케포르가 예측한 다음 대 영웅, 라이오스 드 윈프리드를 죽이는 것은 쉽지 않을 거라 예상하긴 했다.

'아무런 피해도 없이 호문쿨루스 두 체와 구울들을 몰살시킬 줄은.'

터무니없는 결과에 평소라면 펄펄 뛰었을 진마저도 헛웃음을 터뜨릴 지경이었다.

급하게 작전을 바꾼 것도 깊이 파고들면 그 견습 기사가 보인 행보들의 결과였다.

상정했던 것보다 교단의 실체가 지나치게 빨리 드러난 탓에 대륙의 여러 나라들이 칼리온 제국을 중심으로 빠르게 뭉쳤고, 심지어는 엘프들까지 협력하게 된 것이다.

'지난 대전쟁의 실패를 교훈 삼아, 영웅 칸의 유산인 칼리온 제국부터 무너뜨린 뒤 다른 나라를 공략할 계획이었건만.'

칼리온 제국을 제대로 뒤흔들기도 전, 체르니온 교는 대륙 전체의 적이 되고 말았으니…… 결국 전략을 바꿀 수밖에 없었다.

"……로저 님? 무슨 생각을 그리 하십니까?"

침묵이 길어지자 아인이 다시 조심스럽게 말을 걸었다.

"아무것도 아니다."

로저는 가볍게 고개를 내젓는 것으로 상념을 털어 내 버렸다.

"앞으로 얼마나 남았지?"

"3일입니다. 아마 그 무렵이면 니케포르 님도 회복을 마치실 듯합니다."

"그때까지 만전을 기해 준비해. 진에게도 방심하지 말라고 전하도록."

잠깐 뜸을 들이던 로저가 짧게 덧붙였다.

"모든 준비가 끝나면, 도화선에 불을 붙여라."

"……명 받들겠습니다."

얼굴을 딱딱하게 굳힌 아인이 절도 있게 묵례했다.

"체르니온 님께서 언제나 우리와 함께하실 겁니다."

"어둠의 축복이 함께하길."

로저 역시 부하의 기원에 화답해 주었다.

한 번 더 고개를 숙인 아인이 뒷걸음질 쳐 물러났.

이제 정말로 얼마 남지 않았다.

로저는 소매 안에서 보석이 알알이 꿰인 로사리오를 습관처럼 매만졌.

잘그락, 보석들이 서로 부딪치며 작은 비명을 질렀다.

로저의 눈빛이 스산하게 가라앉았다.

차가운 빛의 은총을 받은 더러운 세상을 불바다로 만들 때가 도래했다.

한 차례 이 땅이 잿더미가 된 뒤 어리석은 것들이 무릎을 꿇는다면, 비로소 자비로운 어둠이 드리울 것이다.

'그러기 위해서는…….'

영웅의 피를 제물로 바쳐야 한다.

그리고 영웅을 죽이려면, 먼저 그 곁에 도사린 독사 같은 견습 기사를 먼저 배제해야만 했다.

* * *

렉시온이 황태자의 연무장에 처박힌 지 나흘이 지나가고 있었다.

미리 언질을 주지 않으면 엘프들이 일주일 내내 악몽에 시달릴지도 모른다는 렉시온의 말은 틀린 게 없었다.

아무도 말은 안 했지만 안색이 파리한 것이, 멀지 않은 곳에 드래곤이 머물고 있다는 것만으로도 엄청난 압박감을 느끼는 모양이었다.

"……제법 보기 재밌는 광경이네요."

전략을 논의하기 위해 다시 모인 엘프들을 보며, 아렌트가 툭 내뱉었다.

먼 땅에서 온 손님들 앞에서 차마 아렌트의 뒤통수를 갈길 수 없었던 라이오스가 조용히 경고했다.

"넌 조용히 해라. 괜찮으십니까?"

"괜찮습니다. 신경 써 주셔서 감사합니다."

셰키나가 어색하게 웃으며 대답했다.

라그날드와 세일럼 역시 아렌트의 말은 그냥 못 들은 척 넘겨 버리려는 듯했다.

라이오스가 자리에 앉고 아렌트가 그 뒤에 서자, 자카르가 먼저 화두를 열었다.

"먼저 온 김에 짧게 회의하고 있었는데, 마침 오셨으니 단장님께도 의견을 구하고 싶습니다. 왕국에 남겨 둔 전사들 중 일부를 제국으로 더 불러들일까 하는데, 단장님께서는 어떻게 생각하십니까?"

2왕국만 해도 치안대장인 실비안과 전사들 절반을 왕국에 남겨 놓고 온 상황이었다.

네 개의 왕국 전부 지원군을 보내기로 협의가 되었으니, 자카르와 실비안이 모두 2왕국을 비우는 모험을 할 필요는 없다는 장로진의 강력한 주장 때문이었다.

잠깐 생각하던 라이오스가 고개를 가로저었다.

"말씀은 감사하지만 사양하겠습니다. 엘프 왕국이 불시에 공격받았을 때 맞서 싸울 수 있는 전력은 남겨 둬야 합니다. 차후에 상황을 지켜보다가 필요해지면 그때 부탁드리겠습니다."

"그러시군요. 알겠습니다."

고개를 끄덕이면서도 자카르는 라이오스 뒤의 아렌트가 못내 신경 쓰이는 듯했다.

다른 엘프들 역시 마찬가지였다.

그 시선들을 알아차린 아렌트가 삐딱하게 물었다.

"왜요?"

"……그냥, 상태가 좋아 보여서."

자카르가 엘프들을 대표해서 대답했다.

이곳으로 오는 길에 다 죽어 가는 낯빛이 된 3기사단의 일원들이 우르르 몰려가며 아렌트를 죽일 듯이 씹어 대는 걸 목격한 엘프들이었다.

게다가 리히트와 아서까지 갑자기 닦달해 대니 죽겠다며 투덜대는 소리는 덤이었다.

그런데 정작 아렌트는 누구보다 상쾌해 보이니 기이한 노릇이었다.

"잘 먹고 잘 쉬었더니요."

아렌트가 담백하게 대답했다.

그쯤 되니 슬슬 상황이 어떻게 되었는지는 대충 짐작할 수 있었다.

분명 며칠 전 라이오스는 모두의 훈련량을 늘리겠다고 선언했다.

하지만 정작 그 원흉인 아렌트는 아직 환자라는 핑계를 대며 쏙 빠져나간 모양이었다.

엘프들 사이에 흐르는 미묘한 공기를 읽은 라이오스가 짧게 헛기침을 하는 것으로 분위기를 바꿨다.

"에버란 왕국과 루카인 왕국으로 출격한 기사단이 본국의 병력과 합류해 수색을 시작했다고 합니다. 그리고 바로 오늘 오전, 에버란 왕국 쪽 국경에서 대량의 인원이 이동한 흔적이 발견되었습니다."

"……적이군요."

세일럼이 신음처럼 중얼거렸다.

그에게 가볍게 고개를 끄덕여 준 라이오스가 덧붙였다.

"마법으로 흔적을 지운 탓에 지금껏 일반 병사들만으로는 발견하지 못했던 듯합니다. 그리고 루카인 왕국 측에서도 대량 벌목과 채석의 흔적을 찾아냈습니다. 적들이 거점을 건축하는 데 사용한 것으로 추측됩니다."

다른 세 사람도 얼굴을 딱딱하게 굳혔다.

가지고 온 지도를 테이블 위에 활짝 펼치며 아렌트가 입을 열었다.

"교단은 세력을 3개로 나누어서 각각 칼리온 제국, 루카인 왕국, 에버란 왕국 근처에 자리를 잡은 것 같습니다. 그렇다면 핵심 지휘관 역시 나눠서 배치됐다고 보는 게 옳겠죠."

지도 위에는 현재 1, 2기사단과 왕국군이 자리를 잡은 곳이 표시되어 있었다.

뒤이어 라이오스가 손으로 에버란 왕국 쪽을 짚으며 설명해 주었다.

"에버란 왕국에는 다이아나 단장님의 2기사단이, 그리고 루카인 왕국에는 켄드릭 단장님이 이끄시는 1기사단이 가 있습니다. 그리고 마법 흔적이 발견된 에버란 왕국 측에 엘프들의 배신자 진과 드래곤 니케포르가, 루카인 왕국 주변에는 로저라는 자가 있을 겁니다. 단지 추측일 뿐이지만요."

"로저라는 자는 어떤 인물입니까?"

라그날드가 질문을 던졌다.

라이오스는 대답하는 대신 아렌트를 보았다.

단장과 눈을 마주친 아렌트가 입을 열었다.

"딱 한 번 대면한 적 있는데, 성녀의 명령을 직접 받고 움직이는 것 같았습니다. 직급으로 따지자면 성녀의 바로 아래 최측근이겠죠."

잠깐 뜸을 들인 아렌트가 덧붙였다.

"모든 것을 불태우는 아티팩트를 사용하는데, 정신 나간 것처럼 강해요. 어지간한 인원으로는 감당하기는커녕 잿가루도 안 남을 겁니다."

가만히 듣던 셰키나가 얼굴을 딱딱하게 굳혔다.

"……상정했던 것보다 더 어려운 상황인 것 같군요."

"지금껏 거의 피해 없이 막아 냈던 것이 신기할 정도입니다. 역시 굉장하군요, 라이오스 단장."

라그날드 역시 진지한 얼굴로 찬사를 건넸다.

하지만 라이오스는 무덤덤하게 고개를 내저었다.

"과찬이십니다. 다 황제 폐하와 황태자 전하의 은덕일 뿐입니다."

"그런 의미에서, 미리 역할 분담을 해 두죠."

아렌트가 딱딱한 상황과 어울리지 않는 무심한 어조로 툭 내뱉었다.

자연스레 엘프들의 시선이 다시 아렌트에게 모였다.

셰키나가 눈썹을 살짝 찌푸리며 의아하게 물었다.

"역할 분담이라니, 무슨 말씀이십니까?"

"말 그대로 누가 누굴 상대할지 미리 정해 두자는 말입니다. 때가 됐을 때 괜히 우왕좌왕하는 것보다야 훨씬 나을 테니까요."

견습 기사가 어깨를 으쓱했다.

"한동안은 지금 파견 나간 1, 2기사단만으로도 감당할 수 있어요. 하지만 두 괴물과 드래곤이 전장에 나선 순간부터 아수라장이 될 겁니다. 사상자가 셀 수도 없이 늘어날 거예요. 그러니 진과 로저가 목격된 순간, 그놈들 발목을 붙잡고 늘어질 사람을 미리 정해 놓자는 겁니다."

언젠가 백작의 연구실에서 나눈 대화의 연장선이었다.

그것을 깨달은 셰키나와 라그날드의 표정 역시 진지해졌다.

아렌트는 경청할 자세를 잡은 엘프들에게 무심한 시선을 던졌다.

'배우들은 이미 준비됐고.'

이들과 함께 대본도 없는 이 썩을 무대를 희극으로 이끌고, 라이오스를 칭송받는 영웅으로 만들어야만 했다.

힘의 균형을 고려해 배역을 나누는 것은 피비린내 나는 막을 준비하기 위한 첫 번째 단계였다.

6장. 첫인사치고는 거창한데

첫인사치고는 거창한데

 망루에 올라 먼 산을 지켜보던 다이아나가 저도 모르게 중얼거렸다.
 "······조용한걸."
 새파란 하늘에 흰 구름이 몇 점 흘러갔다.
 망루에 서서 주위의 풍경을 바라보고 있자니 저절로 평화롭다는 생각이 들었다.
 맑은 하늘과 잘 어울리는 느긋한 분위기가 나무가 많은 곳 특유의 깨끗한 공기와 함께 사람을 풀어지게 만들었다.
 처음 합류했을 때만 해도 에버란 왕국의 기사와 병사들은 말로만 전해 듣던 악신교와의 싸움이 코앞에 닥쳤다는 생각 때문에 뻣뻣하게 몸을 굳힌 채 긴장한 기색을 숨기지 못했다.

그러나 시간이 꽤 지난 지금, 처음과 같은 긴장감은 거의 느껴지지 않았다.

성벽 아래에서 두런두런 병사들끼리 잡담을 나누는 소리가 들려왔다.

나름대로 목소리를 잔뜩 죽이고 있었지만, 유감스럽게도 다른 사람보다 배로 감각이 예민한 다이아나에게는 그들의 대화가 고스란히 들려왔다.

집에 두고 온 가족들에 관한 이야기였다.

'나쁘지는 않지.'

다이아나는 그냥 모르는 척해 주기로 했다.

너무 경직된 것보다는 어느 정도 여유가 있는 편이 나을 테니까.

하지만 느긋한 걸음걸이로 방금 막 망루에 올라온 르웰린 왕자는 그런 부하들이 조금 민망해진 모양이었다.

"다들 지나치게 풀어져서는."

가까이 다가오며 불만스레 투덜거리는 르웰린에게 다이아나가 웃음기 어린 목소리로 대꾸했다.

"왕자님께서 그리 말씀하시니까 조금 어색하긴 합니다만."

"다들 현실을 잘 몰라서 그래. 직접 대면해 보질 않았으니 어느 정도인지를 알 수가 없지."

나이답게 어린애 같은 어조로 불평하는 르웰린을 보며 다이아나가 쓴 미소를 지었다.

"어쩔 수 없으니 너무 질책하지는 마십시오. 여기까지

는 어쩐 일이십니까?"

"어쩐 일이긴. 상황이나 살피러 왔지. 칼리온 제국의 누군가가 통신구로 하도 닦달을 해 대서."

"다음에 만나면 주의를 주겠습니다."

다이아나의 말에 르웰린이 그녀를 곱지 않은 눈으로 흘겨보았다.

"예의상 그런 말 안 해도 돼, 다이아나 단장. 주의 줘 봤자 들을 놈 아니라는 건 온 세상이 다 알아."

"하하, 어쩔 수 없죠. 이왕 친구가 되셨으니 끝까지 감당 부탁드립니다."

"이쪽이 본심이지?"

르웰린이 뾰족하게 묻는 말을 다이아나는 그냥 웃음으로 넘겨 버렸다.

한숨을 푹 내쉰 르웰린은 아까까지 다이아나가 보던 쪽을 향해 시선을 던졌다.

새파란 하늘 아래에 그리 넓지만은 않은 평원이 펼쳐져 있고, 그 너머에는 먼 곳까지 이어지는 산의 능선이 보였다.

충분히 아름다운 광경이었지만 르웰린의 눈동자는 점점 착잡해지기만 했다.

"예전에도 종종 여기까지 혼자 여행 삼아 자주 왔거든? 조용하고 공기가 맑아서 참 좋은 곳이라고 생각했어. 나중에 형님께서 왕위를 이으시면 이쪽에 영지를 달라고 조를 생각까지 했었는데."

"생각이 바뀌셨습니까?"

"상황이 이렇게 되니까…… 저쪽 봐."

르웰린이 고갯짓으로 산 쪽을 가리켰다.

"적이 몸을 숨기기에 좋은 곳이라는 생각밖에 안 들어."

"그렇습니다. 적이 대규모의 병력을 숨기기에 좋은 지형입니다. 그러나 작은 평원이 있으니, 이쪽에서도 적이 접근해 오는 것을 알아차리기 쉽기도 합니다."

검 위에 손을 얹으며 다이아나가 느긋하게 대꾸했다.

"이곳에 성벽을 쌓으신 에버란 왕국의 선조들께서 그만큼 지혜로우셨다는 뜻입니다."

"왜 갑자기 띄워 주는지 모르겠네."

어이없이 중얼거리면서도 썩 기분이 나쁘지는 않은지, 르웰린이 피식 웃음을 터뜨렸다.

"그래도 생각은 안 바뀌었어. 누군가가 에버란 왕국을 공격한다면 첫 번째 격전지는 바로 여기가 될 거야. 그러니 더더욱 지킬 사람이 있어야지."

"철드셨군요, 왕자님. 하지만 제 생각에는 탐험을 다니시느라 영지를 비우시는 시간이 더 길 듯합니다."

다이아나가 놀리듯 하는 말에 르웰린이 민망한 듯 쏘아붙였다.

"조용히 해."

자연스레 대화가 끊어지고 다시 침묵이 흘렀다.

갑자기 왕자가 등장한 바람에 놀란 병사들도 모두 입을

꾹 다물었다.

사위가 조용해지자 다이아나는 다시 감각을 곤두세웠다.

정적이 흘렀다.

"……."

위화감을 느낀 다이아나의 표정이 묘해졌다.

르웰린 역시 마찬가지였다.

잠깐 뜸을 들이던 르웰린이 입을 열었다.

"다이아나 단장."

"말씀하세요."

"지금 새소리가 들려? 나보다는 단장이 훨씬 더 예민하잖아."

그녀의 차게 가라앉은 시선이 산을 가만히 노려보았다.

"아니요, 짐승 소리조차 들리지 않습니다."

"어제도 이랬던가?"

"아니요, 어젯밤 제가 순찰을 돌 때까지만 해도 이러지 않았습니다."

결론이 나왔다.

다이아나가 침착하게 말했다.

"왕자님, 성벽 아래로……."

하지만 그녀의 말은 끝까지 이어지지 못했다.

르웰린이 산 아래를 가리키며 고함을 지른 탓이었다.

"단장, 저쪽! 뭐가 움직이는데?"

"……!"

무심코 시선을 돌린 다이아나 역시 르웰린과 같은 것을 발견했다.

나무에 몸을 숨기고 있던 몇몇이 밖으로 모습을 드러내고 있었다.

"인간인가? 내 눈에는 제대로 안 보여."

"육안으로는 그렇게 보입니다만……."

다급한 질문에 그렇게 답하던 다이아나가 문득 말을 멈췄다.

인간 형태의 존재들이 등 뒤에서 뭔가 꺼내는 모습을 포착한 것이다.

다이아나가 저도 모르게 중얼거렸다.

"……화살?"

적들은 특이하게 생긴 활과 화살을 꺼내 시위에 매기고 있었다.

"뭐? 이 거리에서? 닿지도 않을 텐데?"

그녀의 말에 르웰린 역시 황당하게 답했다.

평원 너머에서 쏜 화살이 성벽까지 닿을 리가 없었다.

게다가 지금은 바람 역시 성벽 쪽에서부터 산맥을 향해 불고 있었다.

화공을 펼치기에도 적절치 않은 상황이라는 뜻이었다.

거기까지 생각한 두 사람은 동시에 뭔가를 깨달았다.

애초에 그들의 적은 평범한 인간이 아니었다.

사태를 파악한 다이아나가 크게 외쳤다.

"다들 숙여라!"

"예?"

상황 파악을 하지 못한 병사들과 다른 에버란 왕국의 기사들이 얼떨떨하게 되물었다.

그러나 길게 생각할 틈은 없었다.

햇빛을 받은 적의 화살촉이 반짝이더니, 이내 시위를 떠나갔다.

멀뚱히 선 이들을 향해 르웰린이 다시 한번 소리 질렀다.

"숙이라면 숙여, 이 등신들아!"

콰아앙!

하지만 그 외침은 말도 안 되는 폭음에 막혀 버렸다.

짧게 비명을 지른 병사들이 급히 몸을 숨겼고, 다이아나는 급하게 성벽 아래를 내다보았다.

화살보다는 창에 가까운 크기의 강철 화살이 성의 외벽에 커다란 상흔을 남기고 틀어박혀 있었다.

"……말도 안 돼."

평소라면 좀처럼 입에 담지 않았을 한 마디가 흘러나왔다.

저 정도 거리에서 이런 무지막지한 것을 발사하다니, 평범한 인간의 힘으로는 절대로 불가능한 일이었다.

르웰린 역시 같은 생각인지 황당하게 내뱉었다.

"저것들, 인간 아니지?"

"아무래도 그런 것 같군요. ……이런!"

길게 떠들 시간은 없었다.

위협사격은 이것으로 충분하다는 듯, 적들이 한꺼번에 석궁을 발사했다.

한꺼번에 날아오른 벌 떼 같은 화살들이 푸른 하늘을 새카맣게 물들였다.

"왕자님, 아래로 내려가세요!"

"시끄러! 저게 전부 다 성벽에 처박히면 어떻게 될 것 같냐고!"

다이아나가 급하게 그를 떠밀었지만, 르웰린은 고집스럽게 자리에 남았다.

"대응할 준비나 해!"

마력을 강하게 일으킨 르웰린은 자신의 드래곤 본 아티팩트를 발동했다.

강한 돌풍이 르웰린 주변으로 몰아쳤다.

"왕자님!"

"나도 바보같이 손가락만 빨고 있었던 건 아냐."

다이아나가 그를 만류하려 했지만 르웰린이 단호하게 대꾸했다.

"그놈한테 배운 요령도 있단 말이지."

"……알겠습니다."

결국 다이아나도 그를 만류하는 것을 포기했다.

대신 그녀는 병사들과 기사들에게 외쳤다.

"전투 준비!"

"예!"

급박한 상황을 알아차린 2기사단의 일원들 역시 금방이라도 출격할 수 있게 준비를 완료했다.

르웰린은 주머니에서 마정석 세 개를 한꺼번에 꺼냈다.

마정석들이 순식간에 빛을 잃은 것과 동시에, 르웰린이 검을 뽑았다.

순간 강한 마력 소모로 르웰린의 얼굴이 새파랗게 질렸다.

"큭……!"

하지만 그는 어떻게든 버티고 섰다.

르웰린의 검에 휘감긴 드래곤 본의 힘이 성벽을 향해 날아드는 화살들 사이로 파고들었다.

병사들의 머리 위로 강한 태풍이 몰아쳤다.

저도 모르게 눈을 질끈 감았다가 뜬 이들은 이후 벌어진 상황에 입을 쩍 벌리고 말았다.

"아니……!"

방향을 잃은 화살들은 바닥에 볼품없이 떨어지기도 했고, 성벽 위로 똑바로 날아들던 화살들은 중심을 잃고 성벽의 아래쪽에 처박혔다.

쿵, 쿠웅!

연달아 폭음이 터졌지만 성벽 위의 피해는 거의 없다시피 했다.

그것을 확인하고 나서야 르웰린은 바닥에 털썩 주저앉았다.

다이아나가 그에게 다가가 부축해 주었다.

"괜찮으십니까?"

"난 됐으니 신경 쓰지 마. 발목 잡을 생각도 없으니 걱정하지 말고."

하지만 르웰린은 그녀의 손을 거절했다.

"앞으로 한 세네 번 정도는 더 막을 수 있거든?"

"예?"

"마정석을 엄청나게 재어 왔단 말이지. 그러니까 그 안에 어떻게든 해결해. 놈들도 저런 괴물 같은 활을 연달아서 쏘지는 못할 거 아냐."

르웰린이 씨익 웃어 보였다.

다이아나는 그의 고집을 꺾지 못하리라는 것을 직감했다.

다이아나의 얼굴에 강한 갈등이 어렸다.

솔직히, 방금 같은 공격을 르웰린의 아티팩트 없이 고스란히 막아 낼 방법이 없기도 했다.

엄청난 파괴력을 지닌 석궁이 몇 차례고 성벽을 공격한다면 분명 오래 버티지 못할 것이다.

즉, 이 전장에는 르웰린이 필요하다는 뜻이었다.

"……알겠습니다."

결국 다이아나는 단념할 수밖에 없었다.

"하지만 약간이라도 부상 당하신다면 바로 왕궁으로 복귀하시게 할 겁니다."

"헹, 전하께서도 포기한 나를 다이아나 단장이 무슨 수로."

"아렌트한테 말할 겁니다."

단장의 말에 르웰린의 입이 꾹 닫혔다.

순조롭게 왕자의 협조를 얻어 낸 다이아나가 아래에 대기 중인 부하들에게 외쳤다.

"평원을 가로질러서 산 아래 몸을 숨긴 적을 정리해라! 다른 적들은 무시하고, 일단은 궁수들만 정리하고 복귀해!"

"예!"

헬렌과 다른 기사들이 우렁차게 대답했다.

굳게 닫혀 있던 성문이 열리고 2기사단의 몇몇이 바깥으로 빠져나갔다.

그것과 동시에 산에서 쏟아져 나온 적군들이 새카맣게 몰려오는 광경이 눈에 들어왔다.

다이아나는 눈을 부릅뜨고 적군을 확인했다.

구울과 인간이 반반 섞여 있었다.

게다가 당장 인간으로 보이는 자들도 진짜 평범한 인간이라고는 보장할 수 없었다.

이 근처에 지클린이 있는 것이 확실해지는 순간이었다.

그녀의 입가에 슬쩍 미소가 드리웠다.

"첫인사치고는 거창한데."

병사들 쪽에서 지휘관이 커다랗게 외쳤다.

"다이아나 단장님! 화공 준비 완료되었습니다!"

기름을 먹인 화살을 시위에 꿴 궁수들 옆에서는 당장이라도 불을 붙일 수 있도록 병사들이 대기하고 있었다.

다이아나는 대기하라는 뜻으로 한쪽 손을 들어 보였다.

얼마 지나지 않아 병사들 역시 적의 모습을 육안으로 확인할 수 있을 정도로 거리가 좁혀졌다.

적군의 기이한 모습에 병사들이 술렁이기 시작했다.

하지만 다이아나의 호령이 그 동요마저도 덮어 버렸다.

"그대로 대기! 2기사단은 출격 준비!"

"예!"

헬렌 일행이 먼저 빠져나가고, 남은 기사들은 이미 준비를 마친 상태였다.

부하들의 투지 가득한 눈빛을 마주한 다이아나가 농담 섞인 명령을 덧붙였다.

"아군 화살에 맞는 머저리는 없으리라 믿는다. 전투에 정신이 팔려서 안전지대를 벗어나는 일이 없도록 주의하도록. 머리 위로 불벼락을 맞고 싶지 않으면."

"예!"

기사들에게서 패기 있는 대답이 돌아왔다.

첫 전투의 개막이었다.

* * *

"헉, 헉…… 진짜 미친……."

일어날 힘도 없었다.

연무장 바닥에 형편없이 널브러져 있자니 처지가 썩 다를 바 없는 선배들의 딱하다는 시선이 모여드는 게 느껴졌다.

어떻게든 미꾸라지처럼 빠져나가려던 아렌트도 결국 라이오스의 마수에서는 벗어나지 못한 것이다.

"미친 인간…… 헉, 사람이 무슨…… 바위도 아니고……."

아렌트는 저절로 입 밖으로 흘러나오는 질린 목소리를 굳이 눌러 담지 않고 욕처럼 내뱉었다.

정신이 혼미한 와중에 머리 위로 불쑥 그림자가 드리웠다.

"아렌트."

시야에 가득 담긴 라이오스의 얼굴은 리히트부터 아렌트까지, 3기사단 전체를 상대하고도 지친 기색이라곤 전혀 보이지 않았다.

오히려 몸을 잘 풀었다는 듯 어쩐지 생기가 도는 낯을 보고 있자니 괜히 더 열이 뻗쳤다.

아렌트의 입에서 자연스레 질린 목소리가 흘러나왔다.

"진짜 짜증 나는 인간……."

그러거나 말거나 라이오스는 제 할 말만 이어 갔다.

"넌 배우는 게 너무 빠르다. 토대부터 단단히 다져야 하는데 중간 과정을 생략해 버린 탓에 버티는 힘이 약해. 순발력은 좋지만, 그에 비해 근력이 여전히 부족하군."

"……."

조목조목 맞는 말이라 반박할 수가 없었다.

여기저기서 선배들이 맞장구쳤다.

"그렇지, 보여 주기만 하면 금세 체득해 버리고."

"하여튼 재수 없는 새끼."

아렌트의 얼굴이 떨떠름해지자 라이오스의 말이 이어졌다.

"실전에서는 임기응변으로 문제를 극복하는 것 같다만, 그래도 힘이 부족한 게 위험 요소라는 건 변하지 않는다."

"……."

"그리고 신체적 한계를 정신력으로 어떻게든 해 보려는 나쁜 버릇은 최대한 빨리 고쳐라. 성과가 좋은 건 인정하겠다만 매번 부상을 달고 사는 건 바람직하지 않다."

"……."

"스스로에 대한 네 기준점을 낮추도록. 너는 진짜 할 수 있다는 게 문제다. 차라리 몇 번 호된 실패를 겪는다면 조심성이라는 게 생길 텐데, 네 경우에는 훈련보다 실전이 더 많아서 생긴 문제일지도 모르겠군."

"……제가 너무 잘났는데 어쩌라구요."

"틀린 말은 아니다만, 헛소리 말고 조용히 하도록."

"쯧."

쫑알거리던 말도 일축당한 아렌트는 드러누운 채 고개만을 살짝 비틀어 선배들 쪽을 보았다.

방금까지만 해도 그와 똑같이 다 죽어 가는 낯짝들이었던 주제에, 이제는 간지러운 곳을 긁었다는 듯 속 시원한 얼굴이었다.

"……선배들은 나중에 보죠."

아렌트가 스산하게 내뱉는 말에 고소하다는 시선들이 황급히 흩어졌다.

그때, 라이오스가 멈칫하고 고개를 들었다.

얼마 지나지 않아 아렌트의 귀에도 연무장 입구 쪽에서 다급한 발소리가 들려오기 시작했다.

"……?"

아렌트가 상체를 일으켜 세우는 것과 거의 동시에 제레온이 문을 벌컥 열고 연무장 안으로 들어왔다.

급하게 달려온 건지 그는 문을 붙잡고 잠깐 숨을 몰아쉬었다.

"하아, 갑자기 죄송합니다. 급한 전달 사항이 있어서."

언제나 침착하고 느긋한 그답지 않은 행동이었다.

심상찮음을 느낀 기사들이 얼굴을 딱딱하게 굳혔다.

아렌트가 미간을 찌푸리고 툭 내뱉었다.

"1, 2기사단 쪽 이야기예요?"

"네, 방금 황태자 전하께 직접 보고가 들어왔습니다."

문을 짚은 채 제레온이 창백한 얼굴로 끄덕였다.

"악신교의 공격이 시작됐습니다. 루카인 왕국, 에버란 왕국 양측 모두예요."

"……!"

여기저기 흐트러져 있던 기사들이 반사적으로 몸을 벌떡 일으켰다.

아렌트의 황금색 눈동자 역시 스산하게 가라앉았다.

* * *

급하게 황태자의 집무실로 들어가자마자, 먼저 온 엘프들과 칸타레스가 라이오스와 아렌트를 맞이했다.

두 사람이 미처 자리를 잡기도 전 칸타레스가 운을 뗐다.

"루카인 왕국, 에버란 왕국 양측 거의 동시에 공격받기 시작했다. 미리 공격 시점을 정해 두고 움직인 듯하더군."

"혹시 피해 상황도 전달받으셨습니까, 전하?"

라이오스가 답지 않게 급히 물었다.

칸타레스는 그를 질책하는 대신 침착하게 답을 내주었다.

"에버란 왕국군 병사 셋과 기사 한 명, 루카인 왕국군 병사 둘과 기사 둘이 전사했다더군. 2기사단에선 한 명이 당분간 전투 불능 상태라지만 생명에 지장은 없다고 들었다."

칸타레스가 굳은 얼굴로 덧붙였다.

"다행히 더 이상의 피해 없이 방어할 수 있었지만, 상정했던 것보다 대규모의 공세였어."

황태자는 보고받은 전투 상황을 간략하게 알려 주었다.

"다이아나 단장의 보고로는 창에 가까운 석궁을 맨몸으로 발사하는 인간형 구울들이 선공을 가해 왔다고 하고, 켄드릭 단장 쪽에서는 철저히 훈련받은 병력이 투명화 스크롤을 이용해 은밀히 접근해 기습 백병전을 펼쳤다더군."

"……."

"에버란 왕국 쪽에서는 르웰린 왕자가 아티팩트를 사용해 공격을 막아 내는 사이 화공을 퍼부어서 적을 격퇴했고, 루카인 왕국에서는 켄드릭 단장이 직접 전선에 나서 1기사단과 왕국군이 협력해 적들과 맞서 싸웠다더군."

가만히 듣던 아렌트가 불쑥 질문을 던졌다.

"적들 피해는요?"

그러자 칸타레스가 인상을 찌푸렸다.

"적은 제법 많이 처리한 것 같긴 하다만, 글쎄…… 몇 시간 공세를 펼친 뒤에는 시신도 수습하지 않고 물러났다더군. 켄드릭 단장의 말로는, 아군이 얼마나 죽든 전혀 신경 쓰지 않는 것 같다고 하던데. 그냥 저돌적으로 덤벼들기만 했다더군."

구울이나 훈련받은 전사나, 어둠의 신 앞에서 목숨의 가치는 크게 다르지 않은 모양이었다.

"……지독한 놈들이군요."

자카르가 신음처럼 중얼거렸다.

라그날드 역시 미간을 살며시 구겼다.

"적의 병력이 어느 정도 되는 겁니까?"

"저쪽은 병력을 말 그대로 생산할 수 있으니, 머릿수를 세는 건 무의미합니다."

잠자코 있던 아렌트가 불쑥 끼어들었다.

모두의 눈길이 자연스레 견습 기사에게 모여들었다.

"전쟁터에서 죽은 시체도 긁어모아서 다시 구울로 만들 수 있잖아요. 병력의 규모를 전부 파악하는 건 불가능할뿐더러 헛수고일 뿐입니다."

아렌트는 주머니에 손을 푹 찔러 넣은 채 방만한 자세로 서서 덧붙였다.

"그냥 끝도 없이 쏟아진다고 봐야 해요. 차라리 그게 속 편할 겁니다."

"……."

"그에 비해 이쪽은 한정된 머릿수로 싸워야 하고."

모두가 입을 꾹 다물었다.

넓은 테이블 위에는 대륙의 지도가 활짝 펼쳐져 있었다.

아렌트는 교전이 벌어진 위치에 남겨진 표식을 가만히 내려다보았다.

황금색 눈동자가 소리 없이 데굴, 움직였다.

"……동시에 공세를 펼쳤다가 갑자기 물러났단 말이죠? 그 목적이 뭐라고 생각해요?"

"목적?"

칸타레스가 의아하게 묻는 말에, 아렌트는 한심하기 그지없다는 시선을 보냈다.

"그럼 이 자식들이 안부 인사나 하러 왔겠어요?"

황태자에게 개기는 아렌트를 조마조마하게 보던 세일럼이 급하게 끼어들었다.

"싸, 싸움의 시작을 알리려고 하는 게 아닐까요? 선전 포고하는 걸로 주도권을 잡으려는 겁니다."
"전하보다는 세일럼 님이 조금 낫네요."
"……."
칸타레스가 주먹을 살며시 쥐었다가 폈다.
어차피 주먹을 휘둘러봤자 때리지도 못한다는 걸 지나치게 잘 아는 탓이었다.
황태자가 짜증을 삭히는 사이, 라이오스가 입을 열었다.
"이쪽의 전력을 파악하려는 의도도 있겠지만. 그것도 지금 와서는 크게 의미가 없습니다. 이미 황실 기사단과 몇 번이고 충돌한 적 있으니까요."
"이유를 따지는 것이 그리 중요합니까?"
가만히 듣던 라그날드가 답답한지 불쑥 끼어들었다.
"적이 공격해 왔고, 거기에 대응해야 한다는 건 변치 않는 사실입니다. 시간을 끄는 것보다는 빠르게 출격할 필요가 있어 보입니다만."
"거참, 성질 급하시네. 좀 기다려 보세요. 누가 출격하지 말랬나."
하지만 시큰둥한 앳된 목소리가 그를 가로막았다.
"생각을 좀 해 보자는 거죠. 제가 고작 며칠 전에 말씀드리지 않았어요? 힘의 균형이 중요하다고."
사람을 깔보는 특유의 어조에 라그날드와 셰키나의 얼굴이 구겨졌다.

그러거나 말거나 아렌트는 라이오스마저 제치고 테이블 쪽으로 성큼 다가갔다.
"여기에 빠진 게 하나 있는데요."
"빠진 것?"
"네."
칸타레스가 의아하게 되묻자 아렌트가 간단히 고개를 끄덕였다.
아렌트의 손가락이 움직이더니 툭, 지도의 한 지점 위에 놓였다.
칼리온 제국, 정확히는 황궁이 있는 자리였다.
"여기요."
"그게 무슨…… 아."
눈썹을 휘던 칸타레스가 뒤늦게 뭔가를 깨닫고는 입을 다물었다.
손을 거둔 아렌트가 무심한 어조로 말을 이어 갔다.
"3기사단과 엘프 전사 군단이 황궁에 남아 있잖아요. 그리고 렉시온 님도 이쪽에 계시고. 놈들이 제일 경계하는 존재들이 아직 다 이곳에 있다고 보면 됩니다."
"……."
"놈들은 본격적으로 공격해 오는 대신 잠깐 치고 빠지기만 했어요. 꼭 간이라도 보거나…… 그게 아니면 본인들이 여기에 있다며 일부러 존재를 알리기라도 하는 것처럼."

뭐라 반박하려던 라그날드 역시 침묵을 지켰다.

"그러니 아직은 좀 더 지켜볼 필요가 있어요. 일부러 이쪽을 끌어내려는 속셈일지도 모르는데, 곧이곧대로 당해 줄 필요는 없잖습니까?"

차분하게 가라앉은 황금색 눈동자가 지도를 훑어보고는 라이오스에게 향했다.

"뭐, 판단은 단장님이랑 전하께서 하시고요. 일개 견습 기사인 제가 왈가왈부할 일은 아닌 것 같네요."

"거기까지 말해 놓고 뒤늦게 발을 뺀다고 다가 아니다."

침착하게 퉁바리를 놓은 라이오스가 고개를 들고 칸타레스와 엘프들을 보았다.

"아렌트의 말대로 전부 다 움직이는 것은 위험할지도 모릅니다. 아직 진이나 로저가 나서지도 않았고, 호문쿨루스 같은 대량 살상 병기를 내세우지도 않았습니다."

"……."

"1, 2기사단도 여력이 충분하니 얼마간 상황을 지켜보는 것이 좋을 듯합니다."

라그날드는 여전히 개운치 못한 얼굴이었지만, 라이오스가 그렇게 말하니 더 이상 반박하지 않았다.

대신 셰키나가 운을 뗐다.

"옳으신 말씀입니다만, 손을 놓고 있는 것도 좋은 방법은 아닌 것 같습니다."

"손 놓고 있자는 말은 한마디도 안 했습니다."

아렌트가 어깨를 으쓱했다.

"놀고 있는 웨어 울프가 한 마리 있는데, 에버란 왕국 쪽으로 가라고 하려고요. 병사 30명, 아니지. 50명분 몫은 할 거예요."

"웨어 울프요? 신성 제국에 웨어 울프가 있다는 말씀이십니까?"

믿을 수 없다는 듯 세일럼이 놀란 탄성을 터뜨렸다.

셰키나와 라그날드 역시 눈을 크게 떴다.

그들에게 대강 고개를 끄덕여 준 아렌트가 덧붙였다.

"뭐, 어쩌다 보니까요. 셰키나 님은 에버란 왕국 쪽으로 가 주셨으면 하고, 라그날드 님은 루카인 왕국에 합류해요. 전에 역할을 분담했던 것처럼요."

전에 모여서 짧게 대화했던 내용 그대로였다.

셰키나는 진이 있는 곳에, 그리고 로저가 나타날 만한 곳에는 라그날드가 향하기로 미리 약속했었다.

아렌트는 남은 자카르와 세일럼을 향해 시선을 던졌다.

"자카르 님이랑 세일럼 님은 우리랑 같이 황궁에 잠시 대기하시고."

"……다 좋은데, 지금 당장 출발해도 합류했을 때는 이미 늦었을지 모릅니다. 이곳에서 각 왕국까지는 꽤 오래 걸리지 않습니까?"

잠깐 입을 다물고 있던 셰키나가 차갑게 말했다.

황태자도, 지휘관도 아닌 아렌트에게 지시를 받는 상황

이 그다지 유쾌하지 못한 거였다.

하지만 아렌트는 아랑곳하지 않았다.

"괜찮아요. 마침 황궁에 아주 훌륭한 이동 수단이 있거든요."

"네?"

"웨어 울프는 잠깐 심부름을 시킬 생각이라, 여러분끼리 먼저 이동하세요. 아 참, 그리고 셰키나 님도 가시는 김에 멍청한 왕자한테 물건 좀 전해 주세요."

이동 수단이라는 말에 엘프들이 어리둥절한 표정이 되었다.

그들과 눈을 마주친 아렌트가 시큰둥하게 덧붙였다.

"슬슬 다 회복하셨을 텐데, 숙박비는 제대로 받아 챙겨야죠."

"……."

여전히 상황을 파악하지 못한 엘프들 사이에서, 라이오스와 칸타레스가 거의 동시에 이마를 짚었다.

* * *

회의가 끝난 뒤, 엘프들은 출격을 준비하기 위해 한발 먼저 황태자의 집무실에서 빠져나왔다.

복도를 앞장서서 가로지르는 셰키나와 라그날드의 걸음걸이에서 언짢은 마음이 고스란히 배어났다.

세일럼은 그저 불안한 듯 로브 아래에서 눈동자를 이리저리 굴리며 한 걸음 뒤에서 두 사람을 번갈아 보았고, 자카르는 일행의 가장 뒤에서 늘 그렇듯 무표정하게 걸음을 옮길 뿐이었다.

한참 만에 세키나가 운을 뗐다.

"황태자 전하와 라이오스 단장께서 동의하시니 일단은 따르겠지만, 아무래도 정상적인 상황은 아닌 것 같습니다."

"동의한다."

라그날드가 짧게 긍정했다.

중대한 결정을 내리는 자리에 견습 기사가 있다는 것부터가 상식 밖의 일이었다.

그런데 황태자와 지휘관들이 모여 있는 곳에서 자신의 의견을 피력하는 것으로도 모자라, 앞장서서 이런저런 지시 사항까지 내린다는 게 믿기지 않았다.

세키나가 말을 이었다.

"황태자 전하께서도 귀를 기울이시는 것을 보아하니, 아렌트 경의 입지가 이 제국에서 어느 정도인지는 잘 알겠습니다. 하지만 그래도 과합니다."

그녀 역시 엘프들 중에서 고지식한 편은 아니었지만, 지금 상황은 이해할 수 없었다.

부하의 말을 경청하는 것이 좋은 상관의 자세라고는 하지만, 그렇다고 해서 거의 동등한 관계처럼 보이는 것도 바람직하지는 않은 일이었다.

라그날드가 착잡한 얼굴로 입을 열었다.

"상명하복은 병력을 효과적으로 운용하기 위한 최소한의 규칙이다. 자칫 그 규율이 깨진다면 조직 전체가 흔들릴지도 몰라."

"저 역시 그리 생각합니다만…… 그래도 뭔가 이유가 있을 거라고는 생각합니다."

그녀는 뒤를 돌아 자카르에게 시선을 주었다.

"자카르 교관님은 익숙해 보이시는군요. 2왕국에서 무슨 일이라도 있었습니까? 저희 이상으로 규범에 엄격하신 편이라고 압니다만."

"무슨 일이라……."

자카르는 답지 않게 그녀의 말끝을 따라 하며 먼 산을 보았다.

일이야 제대로 있었다.

셰키나와 라그날드, 세일럼은 상상도 못 할 정도의 대형 사고가.

얼마간 뜸을 들이던 그가 덧붙였다.

"이런저런 것을 차치하고서라도, 드래곤님까지 끌어들이는 자를 뭐 어쩌겠습니까."

"……."

그도 맞는 말이었다.

반박할 말을 찾지 못한 두 사람이 입을 꾹 다물었다.

개운치 못한 얼굴로 침묵하는 셰키나와 라그날드를 보

며 자카르는 한마디를 덧붙였다.

"그리고 곧 알게 되실 겁니다."

그 정신 나간 견습 기사는 숨죽인 괴물이었다.

두 사람은 상명하복의 규율이 어그러지는 걸 걱정하고 있었지만, 그조차도 무의미했다.

애초에 아렌트 폰 에크하르트는 범주 외의 인물이었으니까.

적어도 이 제국에서는 더 이상 그를 향해 감히 견습 기사 따위가, 라며 따지고 들 사람은 없을 것이다.

'그의 능력이 전쟁에서 어디까지 통할지는 모르겠지만.'

이미 아렌트의 머릿속에는 하나의 판이 만들어지고 있는 것 같으니, 자카르는 일단 지켜보기로 했다.

이런 상황에서도 내심 기대되는 것을 보아하니, 자신 역시 단단히 글러 먹은 것 같았다.

* * *

엘프들을 먼저 내보낸 뒤, 황태자의 집무실은 다시 침묵에 잠겼다.

아렌트가 입을 다물고 생각에 빠져든 탓이었다.

그의 시선은 시종일관 테이블 위의 지도에 닿아 있었다.

그런 견습 기사를 가만히 지켜보던 라이오스가 입을 열었다.

"제국 근처에 아직 드러나지 않은 세력이 있을 거라고 여기는 모양이군."

"단장님은 아니신가 보죠?"

"나도 동의한다."

삐딱하게 돌아온 물음에 라이오스가 덤덤히 고개를 끄덕였다.

그러자 아렌트가 말을 이었다.

"꼭 로저랑 진이 자신의 위치를 알리려는 것 같단 말이죠. 아직 직접 나서지 않았다고 하지만, 그렇다고 해서 지휘관이 자신이라는 것을 적극적으로 숨기려는 것 같지도 않아요."

칸타레스가 끙, 앓는 소리를 냈다.

"놈들의 꿍꿍이를 알기 전에 황궁을 비우는 건 너무 위험하다는 거군."

"아무래도 그렇죠. 칼리온 제국이 그놈들에게 제일 눈엣가시라는 사실은 변하지 않으니까요."

아렌트가 간단히 덧붙이자 라이오스가 눈썹을 휘었다.

"하지만 이러면 루카인 왕국 쪽이 불안해지지 않나. 로저라는 자를 견제하기는 부족해 보이는데."

"아마 네펠레 왕국이 움직일 거야. 그쪽에서도 이전부터 참전 의사를 밝혀 왔으니까."

거기에 답을 내준 것은 칸타레스였다.

라이오스가 눈을 크게 떴다.

"그렇습니까?"

"어어, 네펠레 왕국과 루카인 왕국은 상당히 가까우니까. 루카인 왕국에서 감당하기 벅차다 판단하면 네펠레 왕국으로 지원을 요청하기로 되어 있어."

"그렇다면 일단 라그날드 님과 켄드릭 단장님이 시간 벌이 정도는 할 수 있을 거예요."

아렌트가 팔짱을 끼고 툭 내뱉었다.

움직일 수 있는 사람이 한 명 더 있긴 하지만, 그의 상태가 어떤지는 알 수 없으니 일단 보류하기로 했다.

애초에 그가 아렌트의 뜻대로 움직여 줄 리도 만무했고.

"일단은……."

말꼬리를 돌리며 아렌트가 고개를 들었다.

"렉시온 님한테 좀 다녀올게요. 엘프들을 옮겨 달라고 부탁도 할 겸."

가만히 대화를 듣고만 있던 제레온이 어색한 웃음을 흘렸다.

"……아렌트 경께서는 정말 거리낌이라는 게 없으시군요."

"내 말이. 아까부터 엘프들도 영 기분이 안 좋아 보이던데."

거기에 칸타레스까지 맞장구쳤다.

이종족들의 언짢은 마음을 눈치채지 못했을 아렌트가 아니었다.

하지만 그걸 신경 쓰는 짓은 더더욱 아렌트답지 않은

일이기도 했다.

아니나 다를까, 아렌트는 뭐 어쩌라는 식으로 삐딱하게 대꾸했다.

"바빠 죽겠는데, 그런 불평들까지 다 들어 줘야 할 필요가 있어요?"

"내 생각에 넌 적보다 아군을 조심해야 할 것 같다. 당장 3기사단만 해도 이를 박박 갈던데."

칸타레스가 농담 섞어 던진 말에 아렌트가 어깨를 으쓱했다.

"할 수 있으면 해 보라 그래요. 그럼 저도 렉시온 님한테 가 볼 테니까, 전하랑 단장님은 얼른 위대하신 귀족님들을 모아서 전쟁 터졌다고 소문이나 내세요."

"……황실 회의를 그런 식으로 말하면 안 된다."

"딱히 틀린 말은 아닌 것 같은데요. 뭐 도움이나 되어야 말이지."

떨떠름하게 지적하는 라이오스에게 시큰둥하게 대꾸한 아렌트는 고개만 까닥하고는 한발 먼저 집무실에서 빠져나가 버렸다.

쿵.

문이 닫히고 그가 자리를 비우자마자 누가 먼저랄 것 없이 짧은 한숨을 내쉬었다.

"저 자식은 한결같아서 좋다고 해야 하는 건지."

칸타레스가 짧게 탄식했다.

아렌트가 등장한 순간부터 공격이 시작되었다는 소식에 팽팽하게 흐르던 긴장감이 온데간데없이 사라져 버렸다.

초조함이나 불안처럼 소모적인 감상 대신, 그들 앞에 남은 것은 당장 해치워야 할 숙제들뿐이었다.

"주변국에도 소식을 알려야겠군. 젠, 폐하께 상황을 보고하고 긴급회의를 준비해."

"네, 알겠습니다."

제레온이 단정하게 대답했다.

칸타레스는 다음으로 라이오스에게 지시했다.

"라이오스 단장도 준비해. 상황 전달은 나보다는 라이오스 경이 하는 게 모양새가 나을 테니까."

앞으로의 전장에 가장 앞장서게 될 사람이 라이오스라는 것을 귀족들에게 은연중에 알려 주려는 것이었다.

감투를 쓰라는 말에 라이오스는 영 개운치 않은 얼굴이 되었지만 선선히 수긍했다.

"……예, 알겠습니다."

그게 필요한 일이라는 걸 이제는 잘 알기 때문이었다.

* * *

아렌트는 렉시온이 있을 황태자의 연무장으로 향했다.

마치 그가 올 거라는 걸 미리 알고 있었던 것처럼, 최근 며칠간 본체로 지냈던 렉시온은 익숙한 인간 모습으로 아렌트를 기다리고 있었다.

연무장 한가운데에 우뚝 서서 옷매무새를 다듬는 렉시온을 보며, 아렌트가 툭 내뱉었다.

"본체 모습도 구경할 수 있을까 기대했더니, 아쉽네요."

"드래곤이 본체로 현신한 모습을 직접 본 인간이 어떤 꼴이 되는지 몰라서 그러는군."

렉시온의 뾰족한 대꾸에 아렌트가 아무렇지도 않게 대답했다.

"딱히 신보다 기분 나쁠 것 같지는 않은데요?"

"미친놈. 어쨌든, 왜?"

"엘프들 좀 옮겨 달라고요."

아렌트는 렉시온에게 간략히 상황을 전달했다.

렉시온은 크게 놀랍지도 않다는 듯 고개를 끄덕였다.

"그러지. 약속은 약속이니까. 하지만 날 써먹기는 너무 이른 거 아닌가?"

"있는 걸 안 쓰는 것도 바보 같은 짓이잖습니까."

아렌트가 어깨를 으쓱했다.

"그리고 생각보다 렉시온 님이 물러 터졌다는 걸 알아 버렸거든요. 나중에 또 부탁하면 들어주실 것도 같아서."

"하나 정정하자면, 내가 물러 터진 게 아니라 네가 이상한 거다. 상대하기 귀찮아서 그냥 해 주고 마는 거지."

"그걸 물렀다고 하는 겁니다."

시답잖은 소리가 몇 마디 오간 뒤, 아렌트가 말머리를 돌렸다.

"어쨌든, 엘프들이 준비를 마칠 때까지는 조금 시간이 남았으니 몇 가지 미리 여쭤보고 싶은데요."

"말 해. 들어는 주지."

"성검은 언제쯤 반응하는데요?"

다짜고짜 튀어나온 본론에 렉시온이 멈칫했다.

잠시 후, 렉시온이 황당하게 중얼거렸다.

"정말 한 치의 거리낌 따위도 보이지 않는군."

"제가 왜 그래야 해요? 입 다물고 서 있는 석상 따위에 표할 경의 따위는 없어요."

하지만 아렌트는 늘 그랬듯 시큰둥하게 대꾸했다.

렉시온은 그냥 입을 다물어 버렸다.

신이 단지 입 다물고 선 석상만이 아니라는 걸 잘 아는 놈이 저리 지껄이니 뭐라 할 말이 없는 탓이었다.

저게 단순히 만용이 아니라는 걸 알기에 더 그랬다.

"……하아, 너도 알지 않나? 세상에 어둠이 드리웠을 때, 즉 위기에 빠졌을 때 성검이 강림한다고."

"그런 거 말고. 좀 자세한 조건 같은 건 없어요?"

"그런 게 있겠냐고."

아렌트가 캐묻는 말에 렉시온이 짜증스레 대꾸했다.

"좀 더 정확히 말하자면, 그분의 마음이 동했을 때. 그리 말하는 게 더 옳겠군."

"그러면 루체 신의 기분에 따라 성검이 안 움직일 수도 있는 거 아닙니까?"

"그건 아니야. 성검은 악신교를 처단하기 위해 존재하니, 악신교가 나타난 이상 반드시 언젠가는 반응할 거다."

렉시온의 목소리가 단호해졌다.

그제야 아렌트가 마음에 드는 말을 들었다는 듯 고개를 끄덕였다.

"여기서 더 물어봤자 대답 안 해 주실 것 같은데, 제가 추측한 것 먼저 말해 봐도 됩니까? 맞는지 아닌지만 확인해 주시죠."

"……"

렉시온의 얼굴이 묘하게 굳었다.

하지만 그는 곧 고개를 끄덕여 허락을 표했다.

"어디 한번 해 봐."

"그 성검이라는 거 말인데요."

렉시온을 똑바로 바라보며 아렌트가 느긋하게 운을 뗐다.

"신성력의 힘을 가진 강력한 아티팩트인 것 같은데. 맞아요? 활성화되는 시기는 루체 신이 정한다는 셈 치고."

"……"

신에 대한 경외나 존중 따위는 완벽히 배제된 말이었다.

슬슬 익숙해질 만도 한 화법이었지만 렉시온은 이번에도 눈썹을 꿈틀거리고 말았다.

"……틀린 말은 아니군."

"그리고 다음. 드래곤은 다음 대 영웅을 알아볼 수 있는 거죠? 렉시온 님도 그러셨잖아요. 라이오스 단장이 다음 대 영웅 감이라고."

뒤이어진 질문에 렉시온의 얼굴이 딱딱하게 굳어졌다.

"눈치챌 거라곤 생각했지만, 이렇게 대놓고 물을 줄은 몰랐는데. 그리고 그건 오히려 내가 묻고 싶은 부분이다."

"뭐요?"

"성검을 왜 그렇게 의식하는 거지?"

이번에는 아렌트가 잠시 입을 다물 차례였다.

그를 가만히 응시하며 렉시온이 또박또박 말을 이었다.

"성검 전설이야 칼리온 제국에 대대로 전해져 내려온다지만, 너만큼 성검을 주시하는 사람은 없어. 심지어는 아직 대신전조차 성검이 진짜 움직일 거라고 여기지는 않는 것 같은데."

"……."

"넌 꼭 네 단장이 응당한 성검의 주인이라고 여기는 것처럼 구는군. 신앙심이라고는 눈곱만치도 없는 주제에."

속내를 읽어 보려는 것처럼, 렉시온이 눈을 가늘게 떴다.

"그게 얼마나 이질적인지 아나?"

하지만 아렌트의 무표정한 얼굴에서는 아무런 단서도

찾을 수 없었다.

"이질적일 수밖에요. 내가 그렇게 잘났는데."

"말 안 하겠다는 거군."

렉시온이 언짢게 툭 내뱉는 말에 견습 기사가 아무렇지도 않게 어깨를 으쓱했다.

"렉시온 님도 말씀 안 해 주신 게 있으니, 그 부분은 나중에 서로 천천히 주고받아 보자고요. 저도 아직은 렉시온 님이 완전히 제 편이라곤 생각 안 하거든요."

살며시 인상을 구긴 렉시온은 이내 분위기를 바꿔 불만스럽게 투덜거렸다.

"웃기는군. 그런 주제에 잔심부름은 잘도 시키면서."

"제가 어디 가서 죽어 버리면 렉시온 님 손해일 텐데요. 어쨌든, 부탁드려요."

"말만 부탁이라고 하면 다가 아니다."

짜증스레 대답하면서도 렉시온은 고개를 끄덕였다.

그리고 잠시 후. 엘프들은 '이동 수단' 취급받은 드래곤을 앞에 두고서 기함을 터뜨릴 수밖에 없었다.

- 야, 이 미친 새끼야.

통신을 받자마자 냅다 욕설부터 튀어나왔다.

대충 예상했던 반응이었다.

아렌트는 소파에 등을 파묻으며 느긋하게 대답했다.

"감사 인사가 참 상냥하네."

- ······.

르웰린은 차마 대답도 하지 못했다.

도대체 어디서부터 지적해야 할지 감이 잡히지 않은 탓이었다.

싸움이 시작되었다고 보고하자마자 바로 다음 날, 칼리온 제국 황궁에 있어야 할 엘프들이 현장에 도착했다.

세키나와 그녀가 이끄는 엘프 전사들은 넋이 나간 얼굴이었다.

도대체 어떻게 이리 빨리 도착했냐는 다이아나의 물음에 세키나는 파랗게 질린 채 딱 한 마디 내뱉을 뿐이었다.

"드, 드래곤 님이……."

라고.

그 한마디로 르웰린과 다이아나는 일이 어떻게 됐는지 모조리 이해할 수 있었다.

미친 견습 기사가 제 손아귀에 들어온 드래곤을 이동 수단으로 써먹은 것이다.

게다가 거기에서 그치지 않고, 세키나는 아렌트가 르웰린에게 보낸 물건이라며 제법 묵직한 상자를 내밀었다.

그 안에는 최고급 마정석이 가득 들어 있었다.

그것을 받아 든 르웰린은 손을 덜덜 떨 수밖에 없었다.

하지만 그게 끝이 아니었다.

얼마 후 도착한 워렌이 세키나가 들고 왔던 것만큼 많은 마정석을 가지고 온 것이다.

워렌은 아렌트의 심부름으로 마정석 광산에 들러서 여분으로 남겨 뒀던 마정석까지 긁어모아 왔다며 당당하게 말했다.

일이 그렇게까지 되자 결국 버티지 못한 르웰린이 아렌트에게 통신을 걸어 다짜고짜 욕을 퍼붓기 시작한 것이다.

- 너는…… 너는 진짜…… 나중에 뭘 얼마나 더 뜯어먹으려고…….

"나중에 현금으로 갚아."

아렌트의 시큰둥한 말에 르웰린이 버럭 고함을 질렀다.

- 야, 이 자식아! 마정석 정도는 나도 구할 수 있다고! 안 그래도 왕궁에 있던 걸 싹싹 다 긁어 왔는데, 뭘 이렇게 많이…….

하나하나 값을 매기자니 눈앞이 아찔해질 지경이었다.

"네 것보다 그게 나을걸. 백작님께 부탁해서 전투에 제일 최적화된 방식으로 정제한 거라. 아까워하지 말고 마력을 사용할 수 있는 사람들 위주로 알아서 보급해. 셰키나 님한테도 건네드리고. 사용법은 네가 알려 드리던가. 아마 알아서 잘 하시겠지만."

- 이 미친…….

대답 대신 살벌한 욕이 돌아왔다.

- 이런 게 있으면 너나 쓰라고! 너 이 씨, 얼마 전에도…….

"내 것도 충분히 많으니까 신경 꺼. 게다가 나는 그렇게 쟁여 다니면서 움직이는 것도 불가능하다고. 그리고 공짜로 주는 거 아니라고 분명히 말했다."

아렌트는 넋이 나가 중얼거리는 르웰린의 말을 중간에 끊어 버렸다.

"됐고, 전황은?"

통신구 너머에서 이를 부득 가는 소리가 들려왔다.

― 어차피 황태자 전하께 전달받았을 거 아냐, 이 자식아. 변한 건 없어. 거의 비슷한 양상이야. 무식하게 강한 인간형 구울이 몇 채 나타나긴 했는데, 엘프 전사들이 쓰러뜨렸어.

짜증을 꾹꾹 억누르며 르웰린이 신경질적으로 보고했다.

― 마법사인 셰키나 님이 합류하신 덕분에 방어도 좀 더 수월해졌고. 마정석은, 에이 씨. 써 봤는데 좋더라. 너처럼 근접전으로 싸울 때는 어쩔 수 없겠지만, 가만히 앉아서 마력 펑펑 써 가며 방어에만 집중하면 문제없을 것 같아.

"실수로라도 다치지 마라. 성가셔지는 건 사양이거든."

― 걱정도 좀 곱게 하면 안 되냐?

르웰린이 황당하게 쏘아붙였다.

― 어쨌든 더 이상 사망자는 없어. 이대로 길게 끌면 병사들이 상당히 지칠 것 같긴 한데…… 뭐, 아직은 괜찮아. 이종족들과 함께 싸운다는 생각에 사기가 아주 등등하거든.

루카인 왕국에 합류한 이들도 순조롭게 적들을 막아 내

는 중이었다.

라그날드가 이끄는 용맹한 엘프 전사들은 켄드릭의 기사들과 제법 합이 잘 맞는다는 듯했다.

얼핏 보면 충분히 안정된 상황이라고도 말할 수 있었다.

하지만 잠잠하다는 게 언제나 좋은 것만은 아니었다.

아렌트는 마치 지나가는 말처럼 무심히 덧붙였다.

"방심하지 말고 잘 막아. 그리고 병력 분산도 잘 하고. 뒤도 단단히 지켜."

- 알았어, 이 자식아. 우리 왕국인데 내가 어련히 알아서 잘해! 다이아나 경도 있고…….

짜증스레 대꾸한 르웰린이 멈칫했다가 다시 물었다.

- ……아니, 잠깐만. 뒤를 지키라는 건 무슨 말이야?

"말 그대로의 뜻. 뭐가 더 있겠어?"

평소처럼 시큰둥한 어조로 답을 내주자 얼마간 침묵이 흘렀다.

아렌트 역시 딱히 재촉하지 않고 느긋하게 기다렸다.

한참 만에 르웰린이 쯧 혀를 찼다.

- 뭐 하나 시원스럽게 말해 주는 게 없냐, 넌.

"알아들었으니까 된 거 아냐?"

- 젠장. 성격 나쁜 놈 같으니.

불만스럽게 구시렁댄 르웰린이 투덜거리듯 말을 이었다.

- 여튼 너무 신경 쓰지 말고 네 일이나 잘해. 통신 끊는다.

그대로 연결을 끊으려던 르웰린이 빠르게 덧붙였다.
- 마정석 고마워.
뚝.
미처 아렌트가 대답할 틈도 없이 통신이 끊어졌다.
괜히 욕만 먹을까 봐 두려웠던 것이다.
빛을 잃은 수정구를 어이없이 내려다보던 아렌트가 짧게 투덜거렸다.
"그러면 알아서 잘 좀 하던가."
그러면서도 입가엔 그도 자각하지 못한 미소가 피어났다가 빠르게 사라졌다.
그때, 똑똑.
갑자기 들려온 노크 소리가 그를 다시 현실로 돌려놓았다.
아렌트가 통신구를 내려놓고 고개를 들자 문 바깥에서 앳된 목소리가 들려왔다.
"아렌트 경, 계십니까?"
어른스러운 척 차분하게 말하고 있었지만 미처 숨기지 못한 불안감이 느껴지는 음성이었다.
아렌트가 기다리던 손님, 세일럼이었다.
"들어와요."
허락이 떨어지자 방문이 조심스럽게 열리고 세일럼이 들어왔다.
제국에 입성한 뒤부터 늘 그랬듯 로브를 뒤집어써 머리부터 발끝까지 숨긴 모습이었다.

후드 아래에서 눈동자를 데굴 굴리며 방을 한번 살핀 세일럼이 조심스럽게 물었다.

"아렌트 경, 저는 갑자기 왜 부르셨는지······."

"어차피 할 일도 없는 것 같은데, 잡무는 빨리 처리하는 게 좋을 것 같아서요."

"잡무······ 말씀이십니까?"

그의 말을 쉽게 이해하지 못한 세일럼이 의아하게 되물었다.

아렌트는 여러 말로 설명하는 대신 소파에서 몸을 일으켰다.

"가시죠."

"네? 어딜요?"

어리둥절하게 묻는 그를 힐끗 보며 아렌트가 무심하게 내뱉었다.

"아티팩트 연구하고 싶다면서요?"

그제야 세일럼이 멈칫했다.

로브에 가려진 앳된 얼굴이 멍한 표정을 짓는 게 어쩐지 쉽게 상상되는 몸짓이었다.

* * *

기대에 찼던 세일럼의 마음은 아렌트와 단둘이 황궁을 나설 무렵에 다시 의아하게 바뀌었다.

그리고 자신들의 행선지가 대신전이라는 것을 눈치챘을 때 그는 더욱 어리둥절해졌다.

"아렌트 경? 여긴……."

대신전의 상징, 루체 신의 신상을 마주한 세일럼이 더듬더듬 물었다.

아렌트는 그제야 운을 뗐다.

"보시다시피 대신전입니다. 그 아티팩트가 그림자 종족 엘프랑 관련 있을지도 모른다고 처음 말씀해 주신 게 지금의 대신관님이라, 아무래도 대신관님이랑 직접 대화를 나눠 보시는 게 좋을 것 같아서요."

로브 아래 숨겨진 세일럼의 입이 살짝 벌어졌다.

아마 얼빠진 표정을 하고 있을 거라 아렌트는 쉽게 추측했다.

아니나 다를까 곧 세일럼이 더듬더듬 간신히 말을 내뱉었다.

"……잠깐만요. 대신관님이요? 대신관님이라고요?"

자신이 입 밖으로 내고도 믿기지가 않는지 세일럼은 두 번이나 되풀이해서 물었다.

그러는 사이에도 두 사람은 대신전으로 접어드는 입구를 통과하고 있었다.

"개인적으로 친분이 좀 있거든요. 그래서 세일럼 님만 모시고 온 겁니다."

"하지만, 그, 자카르 님이 말씀하시길 아렌트 경은……."

"네. 신앙 없고, 기도 같은 것도 안 합니다. 지금 새삼스럽게 말하기도 귀찮을 정도로요. 그렇지만 사람 대 사람으로서 만나는데 그게 중요합니까?"

무심한 대답이 돌아왔다.

세일럼은 앞서가는 아렌트의 등을 멍한 눈으로 바라보았다.

지나가는 신관들이 이따금 아렌트에게 인사를 건네 왔다.

가끔 뒤따르는 세일럼에게 호기심 어린 시선을 보내기도 했지만, 굳이 말을 걸거나 질문하지는 않았다.

정중한 태도긴 했지만 어쩐지 황급히 피해 가는 것 같은 묘한 기색이었다.

심지어는 이따금 아렌트를 서슬 퍼런 시선으로 노려보고 지나가는 신관도 있었다.

이상한 분위기를 읽어 낸 세일럼이 아렌트를 의아하게 보았지만, 아렌트는 그저 무표정한 얼굴로 느긋하게 걸음을 옮길 뿐이었다.

결국 세일럼은 이번에도 먼저 질문을 던질 수밖에 없었다.

"대신관님이랑 친분이 있으시다면서, 다른 신관님들이랑은 그다지 친밀하진 않으십니까?"

"아무래도 그런 편이죠. 이것저것 꽤 많이 저질렀거든요."

아렌트가 어깨를 으쓱했다.

애매한 설명에 더욱 궁금해진 세일럼이었지만 그냥 입을 꾹 다물어 버렸다.

굳이 듣지 않는 편이 정신 건강에 더 이로울 것 같다는 생각에서였다.

그를 힐끗 본 아렌트가 툭 내뱉었다.

"대신관님 앞에서는 로브를 벗으시는 게 좋을 겁니다."

"……예?"

잠깐의 침묵 뒤 세일럼이 얼떨떨한 물음을 던졌다.

마치 허를 찔린 사람 같은 반응이었다.

아렌트는 정면으로 시선을 옮기며 무심하게 말했다.

"그러면 신성 제국의 대신관 정도 되는 분을 마주하는데 모습을 가린 채로 계실 생각이셨어요?"

"아…….“

로브 아래에서 탄식이 흘러나왔다.

"세일럼 님, 혹시 그거 아십니까?"

그를 한번 일별한 아렌트가 다시 운을 뗐다.

"목적을 이뤄도 의도를 숨기지 못하면 무의미하다는 거요. 하긴, 어린애의 근시안적인 시선으로는 아직 이해 못 하실 수도 있긴 합니다만."

"예, 예?"

세일럼은 여전히 아렌트의 말을 제대로 알아듣지 못한 것 같았다.

로브 아래에서 눈만 몇 차례 깜빡이던 세일럼이 조심스럽게 물었다.

"그…… 죄송하지만 무슨 말씀이신지 잘 모르겠습니다."

"……."

순진해 빠진 반응에 아렌트는 결국 빈정거리는 것을 포기할 수밖에 없었다.

쯧 혀를 찬 아렌트가 짜증스럽게 답했다.

"로브를 전신에 두르고 다니는 꼴을 하느니 주술사의 문양을 그냥 곧이곧대로 드러내는 편이 낫다는 말씀을 드리는 겁니다, 지금."

"……!"

우뚝.

종종걸음으로 아렌트의 뒤를 따르던 세일럼은 그 자리에 뻣뻣하게 굳어 버렸다.

세일럼이 걸음을 멈추자 아렌트 역시 걸음을 멈추고 뒤를 돌아보았다.

로브 아래로 드러난 턱이 쩍 벌어진 것이 보였다.

한참의 틈 뒤 세일럼이 간신히 더듬더듬 물었다.

"어, 어떻게 아셨습니까?"

"……."

상정했던 것보다 훨씬 바보 같은 반응에 아렌트 역시 어처구니가 없어졌다.

"진심으로 잘 숨겼다고 생각해요? 그 꼴로 돌아다니는

첫인사치고는 거창한데 〈311〉

데 어떻게 모르겠냐고."

너무나도 당연하다는 듯 돌아온 대꾸에 세일럼은 한층 더 충격을 받은 것 같았다.

그 자리에 얼어붙은 엘프 소년을 내려다보며 아렌트는 속으로 짧게 한숨을 삼켰다.

'이래서 애새끼는.'

칸타레스와 라이오스도 진즉 눈치챈 것 같았지만 지금까지 모르는 척해 주고 있었다.

하지만 아렌트는 어린애의 소심한 마음까지 하나하나 배려해 줄 정도로 상냥한 인간이 아니었다.

(배신 기사의 유쾌한 신의 12권에서 계속)